Khalil Gibrans
kleines Buch der unvergänglichen Liebe

Khalil Gibrans

KLEINES BUCH DER UNVERGÄNGLICHEN LIEBE

Weisheitsgeschichten,
die von Herzen kommen

Herausgegeben
von Neil Douglas-Klotz

Aus dem Englischen übertragen
von Jochen Winter

Lotos

Die Originalausgabe erschien 2018 unter dem Titel
Kahlil Gibran's Little Book of Love
bei Hampton Roads Publishing Company, Inc.,
Charlottesville, VA, USA.

Sollte diese Publikation Links auf Webseiten Dritter enthalten,
so übernehmen wir für deren Inhalte keine Haftung,
da wir uns diese nicht zu eigen machen, sondern lediglich
auf deren Stand zum Zeitpunkt der Erstveröffentlichung verweisen.

Verlagsgruppe Random House FSC® N001967

Erste Auflage 2020
Copyright © 2018 by Neil Douglas-Klotz
Copyright © der deutschsprachigen Ausgabe 2020
by Lotos Verlag, München,
in der Verlagsgruppe Random House GmbH,
Neumarkter Straße 28, 81673 München
Alle Rechte sind vorbehalten. Printed in Germany.
Redaktion: Kristof Kurz
Umschlaggestaltung: Christine Klell, Wien,
unter Verwendung des Motivs »The Peacock«
von © Tamas Galambos / Bridgeman Images
Satz: Satzwerk Huber, Germering
Druck und Bindung: Friedrich Pustet KG
ISBN 978-3-7787-8297-2

www.Integral-Lotos-Ansata.de
www.facebook.com/Integral.Lotos.Ansata

Für alle Liebenden,
getrennt durch die Illusion,
die einer sich vom anderen macht.

Inhalt

Einleitung

Khalil Gibrans Gedichte, Geschichten und Aphorismen über die Liebe gehören nach wie vor zu denjenigen seiner Schriften, die den westlichen Lesern am besten bekannt sind. Doch die damit verbundenen Anschauungen des libanesisch-amerikanischen Autors gehen über die viel zitierten »Grußkarten«-Sprüche weit hinaus und führen zu dem umfassenden Spektrum menschlicher Beziehungen und Gefühle: Leidenschaft, Verlangen, Sehnsucht sowie idealisierte Liebe, Gerechtigkeit, Freundschaft – nicht zu vergessen jene Herausforderungen, die sich im Umgang mit den Nächsten oder mit Fremden und Feinden stellen.

Diese Textsammlung mit dem Titel *Khalil Gibrans kleines Buch der unvergänglichen Liebe* zielt darauf ab, einen neuen Blick auf Gibrans Worte und Weisheiten zu werfen, unter Berücksichtigung der wesentlichen Grundlagen seines Lebens: die Kultur des Nahen Ostens, ein mystisches Naturverständnis und Spiritualität. Ohne Zweifel könnte man behaupten, dass es den durchschnittlichen Lesern zu Gibrans Zeit ausgefallen und rätselhaft vorgekommen sein muss, dass er eine so geheimnisvolle Region so deutlich und genau beschrieb. Hundert Jahre später ist die verständnisvolle Annäherung an das Rätsel des Nahen Ostens – zumal in Hinsicht auf zwischenmenschliche Beziehungen und die

Behandlung des »Anderen« – nicht mehr nur ein philosophisches Problem, sondern eine konkrete Frage des täglichen Überlebens schlechthin.

Auf den ersten Blick scheint Gibran ein Romantiker zu sein, ein Dichter der idealisierten Liebe. Dennoch war er kein sentimentaler Schwärmer. Aufgrund ureigener Erfahrung verstand er die dunklere Seite von Beziehungen – Sehnsucht, Trauer, Verlust, Lust und Leidenschaft –, aber auch ihren Wert, die Reise der Seele durchs Leben zu unterstützen. Im Kontrast zur platonischen Idee der Liebe »jenseits des Fleisches« geben seine Schriften weder der Seele noch dem Körper den Vorzug.

An dieser Stelle machen sich verschiedene Einflüsse auf sein Schaffen bemerkbar. Zunächst einmal waren Gibrans eigene Liebesbeziehungen während seines kurzen Lebens durchweg von Spannungen und Belastungen gekennzeichnet. Wie mehrere Biografen mitteilen, kann keines seiner persönlichen Zeugnisse für »bare Münze« genommen werden, als Dokument »realen Geschehens« (man lese dazu auch die Ausführungen *Über den Autor* im Anhang des vorliegenden Buches). Selbst in Gibrans Erzählung über seine erste Liebe in dem Band *The Broken Wings* (Gebrochene Flügel) finden sich lange Dialoge oder Monologe, die, würden sie an einem sogenannten Tatsachenbericht gemessen, nicht wirklich glaubhaft sind. Zu seiner Verteidigung ließe sich einwenden: Gibran war sich vollauf bewusst, dass unterschiedliche Menschen äußerst unterschiedliche Erinnerungen an wichtige Begebenheiten oder Gespräche haben können, besonders wenn es dabei um die Liebe geht. Solche Ereignisse üben eine emotionale Wirkung auf das

Gedächtnis aus und prägen uns in einer Weise, die wir, wenn überhaupt, oft erst lange Zeit danach erklären können.

Überdies bieten Gibrans nahöstliche Sprache und Kultur sehr nuancierte Auffassungen über die Liebe. In ihrer Vielschichtigkeit geben sie deutlich zu erkennen, in welche gefühlsmäßige Sackgasse wir uns durch übersexualisierte Inhalte manövriert haben, die heute im Internet, in populären Filmen und in der Werbung weitverbreitet sind.

Wie zahlreiche andere Sprachen verfügt auch Gibrans arabische Muttersprache über mehrere Begriffe, die wörtlich mit »Liebe« übersetzt werden können. Einer davon, *ishq*, bedeutet Verlangen und Leidenschaft, womit jener Magnetismus gemeint ist, der (vergleichbar der Schwerkraft) die Anziehung zwischen Individuen hervorruft und sie wie Klebstoff aneinanderbindet. Dieser »Klebstoff des Universums« wirkt oberhalb, unterhalb und jenseits unserer von Logik bestimmten Absichten. Der Satz »Ich konnte nicht anders« ist ein anschauliches Beispiel dafür. Das Hohelied Salomos im Alten Testament beschreibt die Kraft brennender Leidenschaft zwischen zwei Liebenden in überaus kunstfertiger Form. Etwa zur gleichen Zeit identifizierten einige frühe Dichter des Sufismus die unaufhaltsame Macht von Liebe und Leidenschaft mit Gott oder der Wirklichkeit selbst.

Ein weiterer, ursprünglich semitischer Begriff für Liebe (*ahaba* auf Hebräisch, *ahebw* im Aramäischen, das Jesus sprach, *muhabbah* auf Arabisch) deutet auf die Entwicklung menschlicher Beziehungen hin, die als Same des

Respekts und der Toleranz zu keimen beginnen, dann in Freundschaft aufgehen und mit der intimen, dauerhaften Liebe schließlich zur Blüte gelangen. Außerdem offenbaren die sprachlichen Wurzeln das Bild jener kleinen, durch einen Funken entzündeten Flamme, aus der allmählich ein großes Feuer entsteht, geeignet zum Kochen und um sich daran zu wärmen.

Ein wieder anderer Ausdruck für Liebe (*rahm* auf Hebräisch, *rahme* auf Aramäisch, *rahman* und *rahim* auf Arabisch) entstammt dem Wort für *Schoß*. Die Etymologie legt also nahe, dass die physische Geburt ihre Ursache in einem strahlenden Glanz hat, der aus dem Innern hervortritt. Ebendieser schöpferische Glanz nimmt dann Formen an, die wir als Mitgefühl, Mildtätigkeit oder unbedingte Liebe bezeichnen.

Auf ähnliche Weise ist das Wort für »Herz« von alters her in der nahöstlichen Kultur verwurzelt. Sowohl das hebräische *leba* wie auch das aramäische *lebha* bezeichnen eine schöpferische Kraft, welche die Essenz oder das Zentrum des persönlichen Lebens darstellt. Die arabischen Begriffe *lubb* und *qalb* sind von jenen früheren abgeleitet, wobei der letztere anzeigt, dass das Herz einerseits eine wechselnde Oberfläche besitzen kann, andererseits eine beständige Tiefe.

Während wir heute das Gehirn als das wesentliche Organ des Bewusstseins hoch schätzen, wussten die frühen Bewohner des Nahen Ostens das Herz weitaus mehr zu würdigen. Vielleicht ist das der Grund, warum die alten Ägypter bei der Mumifizierung ihres königlichen Oberhaupts das Herz aufbewahrt und das Gehirn weggeworfen haben. Ihrer Überzeugung nach benötigten die Pharaonen im Leben nach dem Tod ihr Herz, das Gehirn dagegen kaum.

Die zuvor erwähnten Dichtungen der Sufis hatten einen großen Einfluss auf Gibran. Betrachten wir etwa einen seiner Sprüche über die Liebe aus dem Buch *Sand and Foam* (Sand und Gischt):

Die Liebe ist der Schleier zwischen zwei Liebenden.

Dem sei der Spruch des Sufi-Dichters Dschalāl ad-Dīn Rūmī aus dem 13. Jahrhundert gegenübergestellt:

Die Geliebte ist alles in allem, der Liebende nur ein über sie geworfener Schleier.

Die Vorstellung von der Liebe, die zugleich offenbart und verschleiert, die einem wahren Spiegelkabinett ähnelt, dessen Licht- und Schattenreflexe unsere Beziehungen durchdringen, war in der Sufi-Dichtung schon früh gegenwärtig, fand jedoch erst in neuerer Zeit durch Begriffe wie »Projektion« oder »Übertragung« Eingang in die psychologische Sprache des Westens. Gibran kleidet dieses Phänomen in folgende Worte:

Liebende umarmen eher,
was zwischen ihnen ist,
als das Wesen, das sie lieben.

15

Ebenso hallt in seinen wunderbaren poetischen Wendungen die nahöstliche Anschauung wider, dass die Liebe – ob sie im Vergnügen oder im Schmerz, in leidenschaftlicher Umarmung oder in heftiger, unerfüllter Sehnsucht zum Ausdruck kommt – ein nachhaltig gesteigertes Lebensgefühl hervorrufen kann. So schöpft die vorliegende Anthologie immer wieder aus Gibrans überwältigendem Spätwerk *Jesus The Son of Man* (Jesus Menschensohn). Darin erzählt er auf sehr moderne Weise die Geschichte des Propheten aus dem jeweiligen Blickwinkel der zahlreichen Personen, die ihn kannten und von denen einige in der Bibel genannt werden, andere nicht. An mehreren Stellen vernehmen wir die Stimme von Maria Magdalena, von Salome (die für König Herodes tanzte und anschließend den Kopf von Johannes dem Täufer forderte), von einer Nachbarin der Mutter Jesu, von der Mutter des Judas sowie von den Aposteln Petrus und Johannes.

Gibran wurde als Christ im Geist der Maroniten erzogen, einer mit der römisch-katholischen Kirche verbündeten Ostkirche, die sich jedoch – im allgemeinen Sprachgebrauch wie in der Liturgie – bis zum 18. Jahrhundert des Syrischen bediente, das seinerseits verwandt ist mit Aramäisch, der Muttersprache von Jesus. Die aramäischen Kirchen sahen Jesus, den Propheten von Nazareth, seit jeher als menschliches Wesen, als leiblichen, nicht dogmatisch überhöhten Sohn Gottes, der sein Schicksal in einzigartiger Weise erfüllte und das göttliche Leben in eine Sprache fasste, die uns allen zugänglich ist. In diesem Sinn können wir alle »Kinder« Gottes werden, also der »Heiligen Einheit« (die wörtliche Übersetzung des aramäischen Begriffs für Gott, *Alaha*).

Dementsprechend lässt Gibran gegen Ende des Buches *Jesus Menschensohn* Maria Magdalena sagen:

Ein Abgrund klafft zwischen denen, die ihn lieben, und jenen, die ihn hassen, zwischen denen, die glauben, und jenen, die nicht glauben.

Doch wenn die Jahre diesen Abgrund überbrückt haben, werdet ihr wissen, dass er, der in uns lebte, unsterblich ist, dass er Gottes Sohn war, ebenso wie wir Gottes Kinder sind. Dass er von einer Jungfrau geboren wurde, gleichwie wir von der gattenlosen Erde geboren werden.

Dessen ungeachtet durchbricht Gibran in seinen Schriften über die Liebe sämtliche Grenzen der überlieferten Religion. In einer seiner gewagtesten Arbeiten, dem Verszyklus mit dem Titel *The Earth Gods* (Die Erdgötter), lamentieren die uralten Gottheiten über die Vorhersehbarkeit des Lebens und seine gleichbleibenden, durch und durch ermüdenden Abläufe. Fast haben sie sich in eine zutiefst depressive Stimmung geredet, als einer von ihnen bemerkt, wie zwei Liebende inmitten des Waldes singen und tanzen, dann sich umarmen und vereinigen. Dieser Umstand ändert alles: Die greisen Götter sind ebenso erstaunt wie begeistert angesichts der unvorhersehbaren Macht, die Liebe und Leidenschaft ausüben.

Die hier vorgelegte Auswahl beschränkt sich auf jene Abschnitte zum Thema Liebe, aber das ganze Poem verdient die höchste Aufmerksamkeit des Lesers.

In jedem seiner Werke schimmert Gibrans Liebe zu seinem Heimatland und seinem Volk durch. Als er 1895 mit seiner Familie den Libanon verließ, war dieser noch Teil des Osmanischen Reiches. Gibran betrachtete sich in kulturellem Zusammenhang als Syrer (vor dem Ersten Weltkrieg existierten weder Syrien noch der Libanon als Staatsgebilde) und engagierte sich ein Leben lang für die Befreiung seines Volkes von unterdrückerischen Regimen. Voller Enttäuschung musste er zusehen, wie sein Volk durch die westlichen Mächte, die nach dem Krieg den Nahen Osten in verschiedene Länder und Einflussbereiche aufteilten, betrogen wurde. Diesen Verrat nahm er nicht weniger persönlich als einen Verrat an der Freundschaft. In seinem Essay *A Poet's Voice* (Die Stimme eines Dichters) aus dem Buch *A Tear and a Smile* (Eine Träne und ein Lächeln) klagt er:

> *Ihr seid meine Brüder und Schwestern, aber warum*
> *hadert ihr mit mir? Warum dringt ihr in mein Land ein*
> *und wollt mich unterwerfen, um jenen zu gefallen, die nach*
> *Ruhm und Macht streben?*

Unter den hier versammelten Texten finden sich mehrere Auszüge aus dem Essay, damit der Leser, eingedenk der seit Langem schwelenden und leider noch immer aktuellen Konflikte im Nahen Osten, Gibrans Stimme lauschen und dessen Gesinnung unmittelbar nachvollziehen kann.

Was die Herausgabe des Bandes betrifft, so gibt es keinen Zweifel, dass Gibran bei der Grammatik und Zeichensetzung von verschiedenen Personen geholfen wurde, speziell von seiner langjährigen Muse und Lektorin Mary

Haskell. Da sich im Laufe der letzten hundert Jahre unsere Lesart ebenso geändert hat wie die Grammatik, schien es mir angebracht, zahlreiche Texte neu aufzubereiten und Zeilen anders zu umbrechen, um den Rhythmus von Gibrans Stimme für den modernen Leser noch stärker hervorzuheben.

Hinsichtlich Gibrans Verwendung geschlechtsspezifischer oder -unspezifischer Begriffe habe ich meistens einen freien Umgang damit gewählt. Oft bezeichnet der Autor Gott als »Er«, das Leben aber auch als »sie« und bezieht sich regelmäßig auf »Göttinnen«. Aufs Ganze gesehen halten sich männliche und weibliche Benennungen die Waage. Dies findet man auch in Sprachen wie dem alten Hebräisch oder dem klassischen Arabisch, die über ein grammatisches Geschlecht verfügen und in denen der Sonne, dem Mond und etlichen Lebewesen der Natur ein bestimmtes Geschlecht zugeschrieben wird. Ein dazu passendes Beispiel in dieser Sammlung ist das *Liebeslied einer Welle*: Die weibliche Welle umfängt den männlichen Strand. Doch statt an stereotypen Vorstellungen von Geschlechtszugehörigkeit festzuhalten, fordert Gibran uns auf, den Blick zu weiten und jenen nur vom Menschen abgesteckten Rahmen zu übersteigen.

Bei der Auswahl wurden wohlbekannte Texte von Gibran neben weniger bekannte gestellt, angeordnet nach den verschiedenen Aspekten und Stadien der Liebe, die sein Werk zur Darstellung bringt. Am Beginn steht die Einweihung in die Liebe, charakterisiert durch Schönheit, Sehnsucht und Leidenschaft. Es folgen die zahlreichen Verwicklungen und Herausforderungen, die damit einhergehen und im Bild des Schleiers zur Anschauung kommen. Der nächste Teil erforscht die unterschiedlichen Formen menschlicher Beziehungen, bei denen die Liebe gewissermaßen Verstecken mit uns spielt. Schließlich werden wir auf dem Weg der Liebe immer weitergeführt, bis zu dem Punkt, wo er über die menschliche Lebensspanne hinausweist.

Vor solchem Hintergrund erinnert Rūmī uns eindringlich:

Ob du Gott liebst oder ein Menschenwesen liebst –
wenn du genug liebst, wirst du in die Gegenwart
der Liebe selbst gelangen.

Und voller Erwartung bekennt Gibran am Ende seines großen Werkes *Der Prophet*:

Eine kleine Weile noch,
dann wird meine Sehnsucht
Staub und Gischt sammeln
für einen weiteren Körper.

Eine kleine Weile noch,
eine kurze Rast im Wind,
und eine andere Frau wird mich gebären.

Neil Douglas-Klotz
Fife, Schottland, im Oktober 2017

1

Einweihung in die Liebe

*Der Frühling der Liebe bringt uns in Berührung mit
Schönheit, Sehnsucht und Leidenschaft.
Welche Rolle spielt der »Rauch« der Liebe
in Beziehung zu ihrem dauerhaft brennenden Feuer?*

Der Frühling der Liebe

Komm, meine Geliebte,
lass uns wandern inmitten der Anhöhen.
Denn der Schnee ist Wasser,
und das Leben, erwacht aus seinem Schlummer,
durchstreift die Hügel und Täler.

Lass uns folgen den Fußspuren des Frühlings,
hin zu den fernen Feldern, und erklimmen die Kuppen,
um hoch über kühlen grünen Ebenen
beflügelnde Eingebungen zu empfangen.

Der Morgendämmer des Frühlings
hat sein winterfestes Gewand entfaltet
und über die Bäume der Pfirsiche und Zitronen gebreitet.
Wie Bräute erscheinen sie, Bräute
beim zeremoniellen Brauch in der Nacht von Kedre.[*]

---

[*] Arabisch *Lailat al-Qadr*, die Nacht der Bestimmung oder die Nacht der All-
macht. Den islamischen Traditionen zufolge ist das die Nacht, in der Mo-
hammed erstmals Verse des Korans empfing. Sie wird nach einem der letzten
fünf Tage im Fastenmonat Ramadan begangen. Diese Nacht soll besondere
Segnungen bereithalten und wurde daher im Libanon auch als glückverhei-
ßendes Datum für Hochzeiten betrachtet. *Anm. d. Hrsg.*

Die Ranken der Weinrebe
umfangen einander wie Liebende,
und zwischen den Felsbrocken brechen
die sprudelnden Bäche in Tanz aus,
singen wieder und wieder das Freudenlied.
Jäh sprießen die Knospen hervor
aus dem Herzen der Natur, wie die Gischt
aufwallt aus des Meeres reichem Schoß.

Komm, meine Geliebte,
lass uns trinken des Winters letzte Tränen
aus dem Kelch der Lilien
und besänftigen unser beider Geist
mit dem Tirilieren der Vögel,
die jubilierend durchqueren
die berauschende Brise.

Lass uns sitzen bei diesem Felsen,
wo Veilchen sich verbergen.
Lass uns fortführen ihren Austausch
zärtlich süßer Küsse.

Schönheit im Herzen

Nur zwei wesentliche Werte gibt es hier,
Schönheit und Wahrheit –
Schönheit im Herzen der Liebenden
und Wahrheit in den Armen der Bauern,
die den Boden bestellen.

Große Schönheit nimmt mich gefangen,
doch eine noch größere Schönheit befreit mich,
sogar von ihr selbst.

Schönheit erstrahlt heller
im Herzen dessen, der sich nach ihr sehnt,
als in den Augen dessen, der sie sieht.

Erste Liebe

Ich war achtzehn Jahre alt, als die Liebe mit ihren magischen Strahlen mir die Augen öffnete und mit ihren feurigen Fingern zum ersten Mal meine Seele berührte. Selma Karamy war die erste Frau, die mit ihrer Schönheit meinen Geist erweckte und mich in den Garten der hohen Gunst führte, wo Tage wie Träume vergehen und Nächte wie Hochzeiten.

Selma Karamy war es, die mich durch das Leitbild ihrer eigenen Schönheit lehrte, die Schönheit zu verehren, und mir durch ihre Zuneigung das Geheimnis der Liebe enthüllte. Sie war es, die mir zuerst das Lied von der Poesie des wirklichen Lebens sang.

Jeder junge Mann entsinnt sich seiner ersten Liebe und trachtet danach, noch einmal jene seltsame Stunde einzufangen, deren Erinnerung sein tiefstes Gefühl verändert und ihn in Verzückung geraten lässt, ungeachtet all der Bitternis ihrer Rätselhaftigkeit.

Im Leben jedes jungen Mannes gibt es eine »Selma«, die ihm während des Lebens Frühling unversehens erscheint, seine Einsamkeit in Glücksmomente verwandelt und die Stille seiner Nächte mit Musik erfüllt.

Ich war tief versunken in Gedanken und Betrachtungen, damit beschäftigt, den Sinn der Natur wie auch die Offenbarung der Bücher und Schriften zu verstehen, als die Silben LIEBE von Selmas Lippen mir ins Ohr geflüstert wurden. Mein Leben war ein Koma, leer wie das von Adam im Paradies – und da sah ich sie vor mir stehen wie eine Säule aus Licht. Sie war die Eva meines Herzens, die es mit Geheimnissen und Wundern sättigte und mir die Bedeutung des Lebens begreiflich machte.

Die erste Eva führte Adam willentlich aus dem Paradies, indes Selma mich durch ihre Anmut und Liebe dazu ermunterte, das Paradies reiner Liebe und Tugend bereitwillig zu betreten. Doch was dem ersten Mann widerfuhr, geschah auch mir, und das glühende Wort, das Adam aus dem Paradies vertrieb, glich jenem, das mich mit seiner funkelnden Schärfe ängstigte und fortjagte aus dem Paradies meiner Liebe, ohne dass ich irgendeinen Befehl missachtet oder von der Frucht des verbotenen Baumes gekostet hätte.

Heute, nachdem viele Jahre vergangen sind, bleibt mir nichts von jenem wunderbaren Traum als schmerzliche Erinnerungen, die wie unsichtbare Flügel um mich schlagen, die Tiefen meines Herzens mit Trauer durchtränken und mir Tränen in die Augen treiben.

Meine geliebte, zauberhafte Selma ist tot. Und nichts mehr ist übrig, um ihrer zu gedenken, außer meinem gebrochenen Herzen und einem von Zypressen umsäumten Grab. Jenes Grab und dieses Herz sind die einzigen Relikte, die von Selma Zeugnis ablegen.

Des Grabes Hüterin, die Stille, gibt nicht Gottes Geheimnis preis, das im Dunkel des Sarges ruht. Und das Rascheln der Zweige, deren Wurzeln an den Substanzen des Körpers saugen, erzählt nicht das Mysterium des

Grabes. Aber die gequälten Seufzer meines Herzens verkünden den Lebenden das Drama, das Liebe, Schönheit und Tod aufgeführt haben.

O Freunde meiner Jugend, weit verstreut in der Stadt Beirut! Wenn ihr am Friedhof nahe dem Pinienhain vorbeikommt, so betretet ihn lautlos und geht langsam, damit das Geräusch eurer Schritte nicht den Schlummer der Toten störe. Haltet demütig inne vor Selmas Grab und grüßt die Erde, die ihren Leichnam umschließt, erwähnt meinen Namen mit einem tiefen Seufzen und sagt zu euch selbst: »Hier wurden alle Hoffnungen von Gibran begraben, der als ein Gefangener der Liebe jenseits der Meere weilt. An hiesiger Stelle verlor er sein Glück, trocknete seine Tränen und vergaß sein Lächeln.

Bei diesem Grab wächst Gibrans Trauer zusammen mit den Zypressen. Und über dem Grab flackert sein Geist jede Nacht und bewahrt die Erinnerung an Selma, stimmt gemeinsam mit den Zweigen der Bäume gramvolle Klage an und bejammert Selmas Weggang, die gestern ein herrlicher Ton auf den Lippen des Lebens war und heute ein stilles Geheimnis im Schoß der Erde ist.«

O Kameraden meiner Jugend! Ich bitte euch im Namen der Jungfrauen, denen ihr euer Herz geschenkt habt, einen Blumenkranz auf das einsame Grab meiner Geliebten zu legen.

Denn die Blumen, welche ihr auf Selmas Grab zurücklasst, sind wie fallende Tautropfen aus den Augen der Morgenröte auf die Blätter einer welkenden Rose.

Wandelnder Wunsch

Als du ein wandelnder Wunsch warst im Dunst,
war auch ich zugegen, ein wandelnder Wunsch.

Dann suchten wir einander,
und aus unserem Verlangen
wurden Träume geboren.

Und Träume waren grenzenlose Zeit,
waren Raum ohne jedes Maß.

Und als du ein stilles Wort warst
auf des Lebens zitternden Lippen,
war auch ich mit dabei, ein weiteres stilles Wort.

Dann sprach das Leben uns aus, und
wir stiegen die Jahre hinab,
pochend vor Erinnerungen an das Gestern,
pochend vor Sehnsucht nach dem Morgen.

Denn das Gestern war besiegter Tod
und das Morgen erstrebte Geburt.

Aus dem Herzen singen

Unser Kopf ist ein Schwamm.
Unser Herz ist ein Strom.

Wenn das Leben keinen Sänger findet,
der ihm aus dem Herzen singt,
bringt es einen Philosophen hervor,
der ihm aus dem Kopf spricht.

Schönheit und Liebe

Die Schönheit hat ihre eigene himmlische Sprache, erhabener als die Stimme von Zungen und Lippen. Es ist eine zeitlose Sprache, der gesamten Menschheit eigen, ein stiller See, der die singenden Bäche in seine Tiefen zieht und zum Schweigen bringt.

Allein unser Geist kann Schönheit begreifen oder mit ihr leben und wachsen. Sie verwirrt unser Denken, und wir sind nicht imstande, sie mit Worten zu beschreiben. Sie ist eine sowohl vom Betrachter als auch vom Betrachteten hervorgerufene Empfindung, die unsere Augen nicht sehen können.

Wahre Schönheit ist ein Strahl, der vom Allerheiligsten des Geistes ausgeht und den Körper erleuchtet, gleichwie das Leben aus den Abgründen der Erde aufsteigt und einer Blume Farbe und Wohlgeruch verleiht.

Haben mein Geist und der Selmas einander gesucht an dem Tag, da wir uns trafen, und veranlasste mich diese Sehnsucht dazu, sie als die schönste Frau unter der Sonne zu betrachten? Oder war ich berauscht vom Wein der Jugend, der mich fantasieren ließ, was niemals existierte?

Hat meine Jugend mich blind gemacht, weshalb ich mir den Glanz ihrer Augen, die Süße ihres Mundes und die Anmut ihrer Gestalt nur vorstellte? Oder geschah es, dass ihr Glanz, ihre Süße und ihre Anmut mir die Augen öffneten und das Glück und den Kummer der Liebe aufzeigten?

Schwer sind derartige Fragen zu beantworten. Aber aufrichtig sage ich, dass ich in jener Stunde ein Gefühl verspürte, das mir bis dahin unbekannt gewesen war, eine taufrische Zuneigung, die still in meinem Herzen ruhte, wie der auf den Wassern schwebende Geist bei der Erschaffung der Welt. Und dieser Zuneigung entsprangen mein Glück und mein Kummer.

So endete die Stunde meiner ersten Begegnung mit Selma. Und so befreite mich der Wille des Himmels von der Fessel der Jugend und der Einsamkeit und reihte mich ein in den Festzug der Liebe.

Wenn ihr Wünsche habt …

Die Liebe hat keinen anderen Wunsch,
als sich zu erfüllen.

Doch wenn ihr liebt und nicht umhinkönnt,
Wünsche zu hegen, dann sollen es diese sein:

Zu zerfließen und einem rauschenden Bach zu gleichen,
der seine Melodie zur Nacht singt.

Zu erfahren den Schmerz, den ein zu tiefes
Zartgefühl zufügt.

Verwundet zu werden von eurem eigenen Verständnis
der Liebe
und zu bluten, bereitwillig und frohgemut.

Zu wachen im Morgendämmer mit beschwingtem
Herzen
und abzustatten den Dank für einen neuen Tag
des Liebens.

Zu ruhen zur Mittagsstunde und nachzusinnen über die
Verzückungen der Liebe.

Heimzukehren des Abends, ergriffen von Dankbarkeit,
und dann einzuschlafen, im Herzen ein Gebet
für das geliebte Wesen, auf den Lippen einen Lobgesang.

Beschreibung der ersten Liebe

Eine Frau, von der Vorsehung ausgestattet mit der Schönheit von Geist und Körper, ist eine Wahrheit, zugleich augenfällig und geheimnisvoll. Wir können diese Wahrheit nur durch Liebe begreifen und nur durch Tugendhaftigkeit berühren. Wenn wir eine solche Frau zu beschreiben versuchen, löst sie sich in Luft auf wie Dampf.

Selma Karamy besaß körperliche und geistige Schönheit, doch wie kann ich sie jemandem beschreiben, der sie nie kannte?

Kann ein Toter sich an den Gesang einer Nachtigall erinnern, an den Duft einer Rose, an das Seufzen eines Baches?

Kann ein Gefangener, beschwert mit bleiernen Fußschellen, der Brise der Morgendämmerung folgen?

Ist das Schweigen nicht schmerzlicher als der Tod?

Hält der Stolz mich davon ab, Selma in schlichten Worten zu beschreiben, da ich sie nicht wahrheitsgetreu mit leuchtenden Farben zeichnen kann?

Ein hungriger Mensch in der Wüste wird sich nicht weigern, trockenes Brot zu essen, auch wenn der Himmel ihn nicht mit Manna und Wachteln überschüttet.

Verwechslung

Eines Tages begegneten sich Schönheit und Makel an einem Meeresstrand. Und sie sagten zueinander: »Lass uns baden gehen.«

Also zogen beide sich aus und schwammen im Wasser. Nach einer Weile kehrte Makel zum Strand zurück, streifte sich die Gewänder von Schönheit über und zog von dannen.

Kurz darauf entstieg auch Schönheit den Fluten, fand aber ihre Garderobe nicht. Da sie zu scheu war, um sich nackt zu zeigen, legte sie die Kleidung von Makel an und ging ihres Weges.

Und so kommt es, dass Männer und Frauen bis zum heutigen Tag die beiden miteinander verwechseln.

Doch es gibt manche, die das Gesicht der Schönheit erblickt haben und sie kennen, ungeachtet ihrer Kleidung. Und andere gibt es, die das Gesicht des Makels kennen, und kein Stoff kann ihn vor ihnen verbergen.

Der Sommer der Liebe

Gehen wir hinaus auf die Felder, meine Geliebte,
denn es naht die Zeit der Ernte,
indes die Augen der Sonne das Korn reifen lassen.

Hegen wir die Früchte der Erde,
gleichwie der Geist nährt
das Korn der Freude
aus den Samen der Liebe,
ausgesät tief in unseren Herzen.

Füllen wir unsere Körbe
mit den Gaben der Natur,
wie das Leben so reichlich füllt
das Reich unserer Herzen
mit seinen unermesslichen Schätzen.

Machen wir die Blumen zu unserer Liegestatt
und den Himmel zu unserem Überwurf
und betten unsere Köpfe dicht an dicht
auf Kissen aus weichem Heu.

Ruhen wir nach des Tages Mühsal
und lauschen, lauschen dem betörenden
Murmeln des Baches.

O Liebe

Es heißt, Schakal und Maulwurf
tränken aus demselben Wasserlauf,
wohin auch der Löwe komme, um zu trinken.

Auch heißt es, Adler und Geier
grüben ihre Schnäbel in denselben Kadaver
und lebten einträchtig miteinander
in Gegenwart des toten Dings.

O Liebe, deren herrschaftliche Hand
meine Wünsche zügelte,
meinen Hunger und meinen Durst emporhob
zu Würde und Stolz,
lass das Starke und Beständige in mir
nicht speisen vom Brot noch trinken vom Wein,
die mein schwächeres Selbst versuchen.

Lass mich eher verhungern
und mein Herz austrocknen vor Durst.
Und lass mich zugrunde gehen und sterben,
ehe ich die Hand ausstrecke
nach einem Becher, den du nicht gefüllt,
oder einer Schale, die du nicht gesegnet hast.

Verlangen ist die Hälfte

Verlangen ist die Hälfte des Lebens.
Gleichgültigkeit ist die Hälfte des Todes.

Zwischen Begehren und
Seelenfrieden

Sie sagen zu mir: »Du musst wählen zwischen den Sinnesfreuden dieser Welt und dem Seelenfrieden der nächsten Welt.«

Und ich erwidere ihnen: »Ich habe beides gewählt, die Wonnen dieser Welt und den Seelenfrieden der nächsten. Denn tief im Herzen weiß ich, dass der Höchste Dichter nur ein einziges Gedicht schrieb, dessen Versmaß ebenso vollkommen ist wie sein Reimklang.«

Der Glaube ist eine Oase im Herzen,
wohin die Karawane der Gedanken
niemals gelangen wird.

Wenn ihr eure Größe erlangt,
werdet ihr nur begehren um des Begehrens willen.
Und ihr werdet nur hungern um des Hungers willen.
Und ihr werdet nur dürsten um des größeren Durstes
willen.

Gott regt sich in der Leidenschaft

E ure Vernunft und eure Leidenschaft sind das Ruder und die Segel eurer seefahrenden Seele.

Bricht euer Ruder oder reißen eure Segel, bleibt euch nur mehr, zu schlingern und ziellos dahinzutreiben oder im Stillstand zu verharren auf hoher See.

Denn die allein herrschende Vernunft ist eine einengende Macht; und die ungezügelte Leidenschaft eine Flamme, die so lange lodert, bis sie sich verzehrt hat.

Darum möge eure Seele die Vernunft emporheben zum Gipfel der Leidenschaft, auf dass sie singe;

Und eure Leidenschaft gelenkt werden von Vernunft, auf dass sie täglich wiederauferstehe, wie Phönix aus der eigenen Asche steige und so überdaure.

Ich wünschte, ihr würdet euer Urteil und euer Verlangen gar wie zwei geliebte Gäste in eurem Haus betrachten.

Gewiss käme euch nicht in den Sinn, dem einen Gast größere Ehre zu erweisen als dem anderen; wer den einen aufmerksamer behandelt, verliert die Liebe und das Vertrauen beider.

Wenn ihr, umgeben von Hügeln, im kühlen Schatten der Silberpappeln sitzt und teilhabt am Frieden und

Gleichmut der fernen Felder und Wiesen, so lasst euer Herz im Stillen sagen: »Gott ruht in der Vernunft.«

Und wenn dann der Sturm aufzieht und der gewaltige Wind den Wald erschüttert, wenn Donner und Blitz die Majestät des Himmels verkünden, so lasst euer Herz in Ehrfurcht sagen: »Gott regt sich in der Leidenschaft.«

Und da ihr ein Hauch seid in Gottes Sphäre und ein Blatt in Gottes Wald, sollt auch ihr ruhen in der Vernunft und euch regen in der Leidenschaft.

Verzückte Stimme

[Die alten Erdgötter, erschöpft und überdrüssig, unterhalten sich über den Sinn des Lebens – oder dessen Mangel daran –, bis einer von ihnen bemerkt …]

Ein Jüngling in jenem Tal
singt aus vollem Herzen zur Nacht.
Seine Leier ist Gold und Ebenholz.
Seine Stimme ist Silber und Gold.

Dort unten im Myrtenhain
tanzt eine junge Frau den Mond an,
tausend Tausterne sind in ihrem Haar,
um ihre Füße tausend Flügel.

Die junge Frau hat den Sänger gefunden!
Sie sieht sein verzücktes Antlitz.
Pantherartig, behänden Schrittes gleitet sie
durch raschelnden Wein und Farn.

Und nun, inmitten glühenden Gesangs,
fällt sein Blick allein auf sie.

O meine Brüder, meine achtlosen Brüder!
Ist es ein anderer, von Leidenschaft entflammter Gott,
der dieses Gewebe aus Scharlachrot und Weiß gewirkt
 hat?
Welcher ungestüme Stern ist aus der Bahn geraten?
Wessen Geheimnis scheidet die Nacht vom Morgen
und wessen Hand ruht auf unserer Welt?

Sie begegnen sich,
zwei Geistwesen, unterwegs zu den Sternen,
treffen im Himmel aufeinander.

Schweigsam verharren die beiden,
Auge in Auge getaucht.
Er singt nicht mehr,
doch in seiner sonnenverbrannten Kehle
pulsiert noch das Lied.
Und in ihren Gliedern ist geblieben
der glückselige Tanz,
aber nicht in Schlaf versunken.

Brüder, meine seltsamen Brüder!
Tiefer wird die Nacht,
und heller leuchtet der Mond,
und zwischen der Aue und der See
ruft eine verzückte Stimme nach euch, nach mir.

Euer Körper ist die Harfe eurer Seele

Aber sagt mir, wer könnte den Geist verletzen?
Wird denn die Nachtigall die nächtliche Stille verletzen oder der Leuchtkäfer die glimmenden Sterne?

Und wird eure Flamme oder euer Rauch dem Wind zur Last?

Meint ihr, der Geist sei ein stilles Gewässer, das ihr mit einem Stecken aufwühlen könnt?

Indem ihr euch das Vergnügen versagt, haltet ihr häufig nur das Verlangen in den verborgenen Winkeln eures Wesens zurück.

Wer weiß, ob nicht das, was heute unterbleibt, auf das Morgen wartet?

Sogar euer Körper kennt sein Erbe und sein berechtigtes Bedürfnis und lässt sich nicht täuschen.

Und euer Körper ist die Harfe eurer Seele,
und euch obliegt es, ihr betörende Melodien zu entlocken oder verworrene Töne.

Und nun fragt ihr euch im Herzen: »Wie sollen wir, was gut ist am Vergnügen, unterscheiden von dem, was nicht gut ist?«

Geht auf eure Felder und in eure Gärten, und ihr werdet erfahren, dass es der Biene ein Vergnügen ist, den Honig der Blume zu sammeln,

aber auch der Blume ein Vergnügen, der Biene ihren Honig darzubringen.

Denn der Biene ist die Blume eine Quelle des Lebens,

und der Blume die Biene eine Botin der Liebe,

und beiden, Biene und Blume, sind Gewähren und Empfangen des Vergnügens zugleich Bedürfnis und Verzückung.

Wenn dein Herz ein Vulkan ist

Wenn dein Herz ein Vulkan ist,
wie kannst du dann erwarten,
dass in deinen Händen Blumen blühen?

Ich bin die Flamme,
und ich bin der trockene Busch.
Und ein Teil von mir
verzehrt den anderen Teil.

Die Liebe durchquert alle Lebensalter

Der junge Dichter sagte zu der Prinzessin: »Ich liebe Sie.«

Und die Prinzessin erwiderte: »Ich liebe dich auch, mein Kind.«

»Aber ich bin nicht Ihr Kind. Ich bin ein Mann, und ich liebe Sie.«

Und sie entgegnete: »Ich bin die Mutter von Söhnen und Töchtern, und sie sind Väter und Mütter von Söhnen und Töchtern. Und einer der Söhne meiner Söhne ist älter als du.«

Der junge Dichter beharrte: »Aber ich liebe Sie.«

Nicht lange danach verstarb die Prinzessin. Doch bevor ihr letzter Atemzug wieder empfangen wurde vom größeren Atem der Erde, sagte sie sich tief im Innern:

»Mein Geliebter, mein einziger Sohn, mein junger Dichter, es könnte gleichwohl sein, dass wir uns eines Tages noch einmal begegnen, und dann werde ich nicht siebzig sein.«

Ein unerfüllter Wunsch

Salome spricht zu einer Freundin über Jesus:

Er war wie die Pappeln,
die in der Sonne schimmern.
Und wie ein See inmitten einsamer Hügel,
der in der Sonne glänzt.
Und wie Schnee auf den Berggipfeln –
weiß, so weiß in der Sonne.

Ja, wie all diese war er,
und ich liebte ihn.

Doch ich fürchtete seine Gegenwart,
und meine Füße wollten nicht tragen
die schwere Last meiner Liebe,
auf dass ich seine Füße
umfange mit beiden Armen.

Ich hätte zu ihm gesagt:
»In einer Stunde der Leidenschaft habe ich deinen
    Freund umgebracht.
Wirst du mir meine Sünde vergeben?
Und wirst du, nicht aus Gnade, meine Jugend erlösen

von ihrer blinden Tat,
auf dass sie wandle in deinem Licht?«

Gewiss hätte er meinen Tanz
um seines Freundes heiliges Haupt vergeben.
Gewiss hätte er in mir
ein Objekt für seine eigene Lehre gesehen.

Denn es gab kein Tal des Hungers,
das er nicht überbrücken,
und keine Wüste des Durstes,
die er nicht durchqueren konnte.

Ja, er war sogar wie die Pappeln
und wie die Seen inmitten der Hügel
und wie Schnee auf dem Libanongebirge.

Und ich hätte meine Lippen gekühlt
in den Falten seines Gewands.
Aber er war mir fern,
und ich war beschämt.
Und meine Mutter hielt mich zurück,
als mich der Wunsch überkam, ihn aufzusuchen.

Wann immer er vorüberging,
verzehrte sich mein Herz nach seiner Anmut,
doch meine Mutter bedachte ihn mit verächtlichen
    Blicken
und schob mich schleunigst weg vom Fenster
zu meinem Schlafgemach.

Und mit erhobener Stimme rief sie:
»Wer ist er, wenn nicht ein weiterer Heuschreckenesser
   aus der Wüste?
Wer ist er, außer einem Spötter und einem Abtrünnigen,
einem umstürzlerischen Aufrührer,
der uns des Zepters und der Krone berauben will
und die Füchse und Schakale seines verfluchten Landes
   einlädt,
in unseren Hallen zu heulen und auf unserem Thron
   zu sitzen?
Geh und verberge dein Gesicht vom heutigen Tage an,
und erwarte den Tag, da sein Haupt abfällt,
aber nicht auf dein Silbertablett.«

So sprach meine Mutter.
Doch mein Herz mochte ihre Worte nicht bewahren.

Ich liebte ihn heimlich,
und mein Schlaf war
umsäumt von Flammen.

Nun ist er nicht mehr.
Und etwas, das in mir war,
ist auch nicht mehr.

Vielleicht war es meine Jugend,
die hier nicht länger verweilen wollte,
denn der Gott der Jugend wurde umgebracht.

Eine ungelebte Leidenschaft

In der Stadt Shawakis lebte ein Prinz, den alle liebten – Männer wie Frauen und Kinder. Selbst die Tiere auf dem Feld kamen herbei, um ihn zu grüßen.

Aber weithin ging die Rede, dass seine Frau, die Prinzessin, ihn nicht liebe, ja ihn gar verabscheue.

Eines Tages stattete die Prinzessin einer benachbarten Stadt der Prinzessin von Shawakis einen Besuch ab. Sie saßen zusammen und unterhielten sich, bis die Sprache auf ihre Ehegatten kam.

Aufgeregt sagte die Prinzessin von Shawakis: »Ich beneide dich um dein Glück mit dem Prinzen, deinem Mann, auch wenn du schon viele Jahre verheiratet bist. Ich hingegen hasse meinen Mann. Er gehört mir nicht allein, und so bin ich in der Tat eine todunglückliche Frau.«

Die Prinzessin auf Besuch starrte sie an und erwiderte: »Meine Freundin, in Wahrheit liebst du deinen Mann. Ja, und noch immer hast du ihn bei dir, kann deine bislang ungelebte Leidenschaft entflammen. Gerade sie erfüllt eine Frau mit Leben wie der Frühling einen Garten. Daher solltest du mich und meinen Mann bemitleiden, denn wir ertragen einander nur in stiller Geduld. Nichtsdestotrotz erachtest du, neben anderen, dies als Glück.«

All die Sterne meiner Nacht
schwanden dahin

M aria Magdalena spricht über ihre erste Begegnung
mit Jesus:

Zum ersten Mal sah ich ihn im Monat Juni. Er wanderte
gerade durchs Weizenfeld, als ich mit meinen Mägden
vorbeikam, und er war allein.

Der Rhythmus seiner Schritte unterschied sich von dem
anderer Männer, und die Bewegung seines Körpers war,
wie ich sie noch nie zuvor erblickt hatte.

Männer schreiten nicht in dieser Weise über die Erde.
Und selbst jetzt weiß ich nicht, ob er schnell ging oder
langsam.

Meine Mägde deuteten mit dem Finger auf ihn und
sprachen in scheuem Flüsterton miteinander. Ich hielt
inne und hob die Hand, um ihn zu grüßen.

Er aber wandte mir nicht sein Gesicht zu und schaute
mich nicht an. Und ich hasste ihn.

Ich wurde zurückgestoßen in mein Innerstes, und mir
war so kalt, als hätte ich mich in einem Schneetreiben be-
funden.

Und ich erschauerte.

Während jener Nacht erschien er mir im Traum. Nachher sagten sie, ich hätte geschrien im Schlaf und mich unruhig auf dem Bett hin und her gewälzt.

Es war im Monat August, da ich ihn durch mein Fenster wiedersah. Er saß im Schatten der Zypresse hinten in meinem Garten – derart still, als wäre er aus Stein gemeißelt, ähnlich den Statuen in Antiochia und anderen Städten im Norden des Landes.

Und meine Sklavin, die Ägypterin, kam zu mir mit den Worten: »Dieser Mann ist wieder hier. Er sitzt dort hinten in Eurem Garten.«

Ich starrte ihn an, und meine Seele zitterte, denn er war schön. Sein Körper war ohnegleichen, und jeder Teil schien jeden anderen Teil zu lieben.

Dann kleidete ich mich in ein Gewand aus Damaskus, verließ das Haus und ging in seine Richtung.

Zog mein Alleinsein mich zu ihm hin oder sein Wohlgeruch? War es eine Sehnsucht in meinen Augen, die nach Anmut verlangte, oder war es seine Schönheit, die das Licht in meinen Augen suchte?

Noch heute weiß ich es nicht.

Ich näherte mich ihm mit meiner duftenden Kleidung und meinen goldenen Sandalen, die der römische Hauptmann mir geschenkt hatte, ja sogar diese Sandalen.

Und als ich ihn erreichte, sagte ich: »Einen guten Morgen wünsche ich Euch.«

Und er erwiderte: »Guten Morgen, Miriam.«

Er betrachtete mich, und seine Nachtaugen sahen mich an, wie kein Mann mich je angesehen hatte. Mit einem Mal fühlte ich mich nackt und war verlegen.

Dabei hatte er mir nur einen Morgengruß entrichtet.

Sodann fragte ich ihn: »Möchtet Ihr nicht zu meinem Haus kommen?«

Und er antwortete: »Bin ich nicht schon in deinem Haus?«

Damals wusste ich nicht, was er meinte, nun aber weiß ich es.

Und ich fuhr fort: »Möchtet Ihr nicht Wein und Brot mit mir teilen?«

Und er entgegnete: »Gewiss, Miriam, doch nicht jetzt.«

Nicht jetzt, nicht jetzt, sagte er. Und die Stimme des Meeres war in diesen beiden Worten, und die Stimme des Windes und der Bäume. Und als er sie zu mir sagte, sprach das Leben zum Tod.

Denn wohlgemerkt, mein Freund, ich war tot. Ich war eine Frau, die sich von ihrer Seele getrennt hatte. Ich lebte abgesondert von diesem Selbst, das du jetzt siehst. Ich gehörte allen Männern und keinem. Sie nannten mich eine Dirne, ein von sieben Teufeln besessenes Weib. Ich war verflucht, und ich wurde beneidet.

Als jedoch seine Augen voll Morgendämmer in meine Augen blickten, schwanden all die Sterne meiner Nacht dahin, und ich wurde Miriam, einzig Miriam, eine Frau, abhandengekommen der Erde, die sie gekannt hatte, um sich nun an neuen Orten wiederzufinden.

Und wieder sagte ich zu ihm: »Kommt in mein Haus und teilt Brot und Wein mit mir.«

Worauf er erwiderte: »Ich bitte dich, in mein Haus zu kommen.«

Und alles, was verdammt war in mir, und alles, was Himmel war in mir, rief nach ihm.

Da schaute er mich an, und die Mittagsstunde seiner Augen ruhte auf mir, und er sagte: »Du hast viele Liebhaber, aber nur ich liebe dich. Andere Männer lieben in deiner Nähe sich selbst. Ich liebe dich um deiner selbst willen. Andere Männer sehen eine Schönheit in dir, die schneller vergehen wird als ihre eigenen Jahre. Ich aber sehe in dir eine Schönheit, die niemals erlöschen wird. Und im Herbst deiner Tage wird diese Schönheit keine Angst haben, sich selbst im Spiegel zu betrachten, und sie wird nicht verletzt sein. Ich allein liebe die unsichtbare Welt in dir.«

Dann sagte er mit leiser Stimme: »Geh nun fort. Wenn diese Zypresse die deine ist und du nicht willst, dass ich in ihrem Schatten sitze, werde ich meines Weges ziehen.«

Und ich rief ihm zu: »Meister, kommt in mein Haus! Ich habe Weihrauch zu verbrennen für Euch und ein silbernes Becken für Eure Füße. Ihr seid ein Fremdling und doch kein Fremdling. Ich flehe Euch an, kommt in mein Haus!«

Er erhob sich und blickte mich an, gar wie die Jahreszeiten auf das Feld herabblicken mögen, und lächelte. Und abermals sagte er: »Alle Männer lieben dich um ihretwillen. Ich liebe dich um deiner selbst willen.«

Daraufhin entfernte er sich.

Doch niemals ging ein anderer Mann den Weg, wie er ihn ging. War es ein meinem Garten entströmter Atemhauch, der sich gen Osten bewegte? Oder war es ein Sturm, der alle Dinge bis in die Grundfesten erschüttern würde?

Ich wusste es nicht, aber an jenem Tag tötete der Abenddämmer seiner Augen den Drachen in mir, und ich wurde eine Frau. Ich wurde Miriam, Miriam von Magdala.

2

Die Schleier der Liebe

*In dem Maße, wie die Liebe reift, werden wir herausgefordert
von der Kultur, die uns umgibt, wie auch von den
unausgesprochenen Annahmen und Illusionen, die wir hegen.
Mit Trennung, Einsamkeit und Sehnsucht kommen Tränen.
Durch all diese Erfahrungen verhüllt und enthüllt sich
die Liebe.*

Die Gaben der Liebe

Die Liebe versah mich
mit einer Zunge und mit Tränen.

Das eingesperrte Herz

Dort in der Mitte des Feldes, am Ufer eines kristallklaren Baches, sah ich einen Vogelkäfig, dessen Stäbe und Scharniere von der Hand eines Fachmanns gefertigt waren.

In einer Ecke lag ein toter Vogel und in einer weiteren standen zwei Schalen – die eine ohne Wasser, die andere ohne Samenkörner.

Ehrfurchtsvoll stand ich davor, als wären der leblose Vogel und das murmelnde Wasser des tiefen Schweigens und Respekts würdig – würdig der Untersuchung und Betrachtung durch Herz und Gewissen.

Während ich mich in diesen Anblick und meine Gedanken versenkte, wurde mir deutlich, dass das arme Geschöpf neben einem Wasserlauf an Durst gestorben war und inmitten eines üppigen Feldes, einer Wiege des Lebens, an Hunger.

So als wäre ein reicher Mann, eingesperrt in seinen eisernen Tresor, trotz all des angehäuften Goldes vor Hunger umgekommen.

Vor meinen Augen sah ich, wie sich der Käfig plötzlich in ein menschliches Skelett verwandelte und der tote Vogel in ein menschliches Herz, blutend aus einer tiefen Wunde, die den Lippen einer trauernden Frau ähnelte.

Aus der Wunde drang eine Stimme mit den Worten: »Ich bin das menschliche Herz, Gefangener des Fleisches und Opfer der irdischen Gesetze.

In Gottes Feld der Schönheit, nah am Strom des Lebens, wurde ich eingesperrt in den Käfig der Gesetze, welche die Menschheit entworfen und erlassen hat.

Inmitten der herrlichen Schöpfung starb ich unbeachtet, weil man mich daran hinderte, die durch Gottes Fülle gewährte Freiheit zu genießen.

Entsprechend den menschlichen Vorstellungen ist alles Schöne, das meine Liebe und meine Sehnsucht weckt, eine Schande. Gemäß dem menschlichen Urteil ist alles Gute, nach dem ich verlange, null und nichtig.

Ich bin das verlorene menschliche Herz, eingesperrt in das abscheuliche Verlies menschlicher Gebote, gefesselt mit den Ketten irdischer Obrigkeit, tot und vergessen von der lachenden Menschheit, deren Zunge verstummt ist, deren Augen entleert sind von sichtbaren Tränen.«

All diese Worte vernahm ich und sah sie in einem immer dünner werdenden Blutstrom hervorquellen aus jenem verwundeten Herzen.

Mehr noch wurde gesprochen, aber meine umschleierten Augen und meine weinende Seele verwehrten mir weiteres Sehen oder Hören.

Liebe versus Gesetz

Jene Menschen, die sich zurückbesinnen auf das ewige Leben, ohne die Süße des wirklichen Lebens gekostet zu haben, können die Bedeutung des Leidens einer Frau nicht ermessen.

Insbesondere wenn sie ihre Seele einem Mann hingibt, den sie liebt gemäß dem Willen Gottes, und ihren Körper einem anderen, den sie liebkost, um dem irdischen Gesetz Genüge zu tun.

Drei getrennte Personen

Drei Personen waren in Gedanken getrennt, aber in Liebe vereint, drei ahnungslose Menschen mit viel Gefühl, doch wenig Wissen.

Das Drama wurde aufgeführt von einem alten Mann, der seine Tochter liebte und auf ihr Glück bedacht war; einer jungen Frau von zwanzig Jahren, die ängstlich in die Zukunft blickte; sowie einem jungen Mann, träumerisch und sorgenvoll, der weder den Wein des Lebens gekostet hatte noch dessen Essig und danach strebte, den Gipfel der Liebe und des Wissens zu erreichen, sich selbst indes nicht aufraffen konnte.

Wir drei, im Dämmerlicht sitzend, aßen und tranken in jenem einsamen Haus, behütet von himmlischen Augen, aber am Boden unserer Gläser verbargen sich Bitterkeit und Kümmernis.

Was Liebende umarmen

Liebende umarmen eher,
was zwischen ihnen ist,
als das Wesen, das sie lieben.

Zwei Arten von Liebe

Ein Mann und eine Frau saßen eng beieinander am Fenster, das sich auf den Frühling öffnete.

Und die Frau sagte: »Ich liebe Sie. Sie sind stattlich, Sie sind reich, und Sie sind immer gut gekleidet.«

Der Mann erwiderte: »Ich liebe Sie. Sie sind ein wunderbarer Gedanke, ein zu entferntes Ding, um es in der Hand zu halten, und ein Lied in meiner Träumerei.«

Da wandte die Frau sich wütend von ihm ab und erklärte: »Mein Herr, verlassen Sie mich jetzt bitte. Ich bin weder ein Gedanke noch ein Ding, das in Ihren Träumen vorüberzieht. Ich bin eine Frau. Ich möchte, dass Sie mich begehren – eine künftige Gattin und die Mutter ungeborener Kinder.«

So trennten sie sich.

Und der Mann sagte sich: »Schau, ein weiterer Traum hat sich gerade in Dunst verwandelt.«

Und die Frau sagte sich: »Was ist das nur für ein Mann, der mich in einen Dunst und in einen Traum verwandelt?«

Wen lieben wir?

Als ich, ein klarer Spiegel, vor dir stand,
starrtest du in mich und sahst dein Abbild.

Dann sagtest du: »Ich liebe dich.«
In Wahrheit aber liebtest du dich selbst in mir.

Liebe ist der Schleier zwischen zwei Liebenden.

Lachen und Tränen

Während die Sonne ihre Strahlen aus dem Garten zurückzog und der Mond seinen zarten Schimmer über die Blumen warf, saß ich unter Bäumen, sann über die Erscheinungen der Atmosphäre nach und blickte durch die Äste zu den verstreuten Sternen empor, die wie silberne Splitter auf einem blauen Teppich glitzerten. Und aus der Ferne konnte ich das angeregte Rauschen des Baches hören, der sich singend und beschwingt ins Tal ergoss.

Als die Vögel zwischen den Zweigen Unterschlupf suchten, die Blumen ihre Blütenblätter einfalteten und ein betörendes Schweigen sich herabsenkte, vernahm ich plötzlich das Rascheln von Füßen, die durchs Gras schritten. Ich horchte auf und bemerkte, wie ein junges Paar sich meiner Laube näherte. Die beiden nahmen Platz unter einem Baum, wo ich sie sehen konnte, ohne gesehen zu werden.

Nachdem der junge Mann sich nach allen Richtungen umgeschaut hatte, hörte ich ihn sagen: »Setz dich zu mir, meine Geliebte, und lausche meinem Herzen. Lächle, denn dein Glück ist ein Symbol unserer Zukunft. Sei fröhlich, denn die funkelnden Tage frohlocken mit uns.

Meine Seele warnt mich vor dem Zweifel in deinem Herzen, denn in der Liebe zu zweifeln ist eine Sünde.

Bald wirst du die Besitzerin dieses riesigen Landgutes sein, beleuchtet von diesem prachtvollen Mond. Bald wirst du die Herrin meines Palastes sein, und alle Diener und Mägde werden deinen Befehlen gehorchen.

Lächle, meine Geliebte, wie das Gold aus meines Vaters Truhen lächelt.

Mein Herz weigert sich, dir seine Geheimnisse zu verschweigen. Zwölf Monate der Reise und des Wohlbehagens erwarten uns. Ein Jahr lang werden wir das Gold meines Vaters an den blauen Seen der Schweiz ausgeben, Italiens und Ägyptens Bauwerke besichtigen und unter den heiligen Zedern des Libanons verweilen. Du wirst Prinzessinnen begegnen, die dich um deine Schmuckstücke und Kleider beneiden werden.

All dies werde ich um deinetwillen tun. Wird es dich zufriedenstellen?«

Kurze Zeit später sah ich sie davongehen und auf Blumen treten, wie die Reichen auf die Herzen der Armen treten.

Als sie meinem Blick entschwanden, begann ich, Liebe und Geld einander gegenüberzustellen und ihren Ort im Herzen zu untersuchen. Geld! Der Ursprung heuchlerischer Liebe, die Quelle trügerischen Lichts und Glücks, der Brunnen voll vergiftetem Wasser, die Verzweiflung der späten Jahre!

Noch immer wanderte ich umher in der unermesslichen Weite der inneren Betrachtung, als ein verlorenes und geisterhaftes Paar an mir vorbeikam und sich ins Gras setzte: ein junger Mann und eine junge Frau, die ihre Bauernhütte in den nahe gelegenen Feldern verlassen hatten, um sich an dieser kühlen und einsamen Stätte einzufinden.

Nach einigen Momenten völliger Stille hörte ich die folgenden Worte, die von wettergegerbten Lippen mit Seufzern geäußert wurden.

»Vergieße keine Tränen, meine Geliebte. Die Liebe, die uns die Augen öffnet und unsere Herzen versklavt, kann uns die Gnade der Geduld gewähren. Finde Trost in unserem Aufschub, denn wir haben einen Schwur geleistet und das Heiligtum der Liebe betreten. Denn unsere Liebe wird im Unglück immer noch größer werden. Geschieht es doch im Namen der Liebe, dass wir unter den Bürden der Armut leiden, unter der Härte des Elends und der Leere der Trennung. Ich werde gegen diese Not und Entbehrung ankämpfen, bis ich triumphiere und in deine Hände eine Stärke lege, die helfen wird, all das zu überwinden und unsere Lebensreise zu vollenden.

Für die Liebe, die Gott ist, sind unsere Seufzer und Tränen Weihrauch, verbrannt auf dem Altar, und sie wird uns mit Tapferkeit belohnen. Leb wohl, meine Geliebte. Ich muss fort, ehe der Mut machende Mond verschwindet.«

Eine reine Stimme, in der die verzehrende Flamme der Liebe, die hoffnungslose Bitterkeit der Sehnsucht und die gelöste Anmut der Geduld verschmolzen waren, erwiderte: »Leb wohl, mein Geliebter.«

Sie trennten sich, und das Klagelied auf ihre Einigkeit wurde erstickt von den Wehklagen meines weinenden Herzens.

Ich betrachtete die schlummernde Natur und entdeckte durch tiefes Nachdenken die Wirklichkeit dessen, was ebenso gewaltig wie unendlich ist – etwas, das keine Macht fordern, beeinflussen oder erwerben, kein Reichtum kaufen könnte. Ebenso wenig könnte es ausgelöscht werden durch die Tränen der Zeit oder abgetötet werden durch Kummer; etwas, das man nicht auffinden kann an den blauen Seen der Schweiz oder den prachtvollen Bauwerken Italiens. Es ist etwas, das geduldig Kraft sammelt, trotz Hindernissen anwächst, im Winter wärmt, aufblüht im Frühling, im Sommer eine Brise herbeiweht und Früchte trägt im Herbst. Ich entdeckte die Liebe.

Liebe, gereinigt durch Tränen

Herzen, die vereint sind mittels der Trauer,
können nie getrennt werden durch die Glorie
   des Glücks.
Liebe, die gereinigt wird durch Tränen,
wird für immer rein bleiben und wunderbar.

Das Herz einer Frau

S elma erzählte mir:

»Das Herz einer Frau wird sich nicht ändern mit der Zeit oder der Jahreszeit. Selbst wenn es unaufhörlich stirbt, wird es doch niemals zugrunde gehen.

Das Herz einer Frau gleicht einem Feld, das zum Schlachtfeld wurde. Nachdem die Bäume entwurzelt, die Gräser verbrannt, die Gesteinsbrocken mit Blut gerötet, die Erdschollen mit Knochen und Schädeln besät sind, bleibt es ruhig und still, als ob nichts geschehen wäre.

Denn Frühjahr und Herbst kommen in ihrem Rhythmus und setzen ihr Werk fort.«

Die Liebe liebkost und drischt

Wie die Liebe euch krönt,
so wird sie euch kreuzigen.
Wie die Liebe euch wachsen lässt,
so wird sie euch zurechtstutzen.
Wie die Liebe emporsteigt zu euren Höhen
und eure zartesten Zweige liebkost,
die in der Sonne erzittern,
so steigt sie hinab zu euren Wurzeln,
die sich an die Erde klammern,
und rüttelt sie auf.

Wie Korngarben sammelt euch die Liebe,
bindet euch an sie.
Die Liebe drischt euch, um euch zu entblößen.
Die Liebe siebt euch, um euch von eurer Spreu
    zu befreien.
Die Liebe mahlt euch, bis ihr die Farbe von
    reinem Weiß annehmt.
Die Liebe knetet euch, bis ihr geschmeidig seid.
Dann übergibt sie euch ihrem heiligen Feuer,
auf dass ihr heiliges Brot werdet
für Gottes heiliges Mahl.

All dies wird die Liebe an euch wirken,
damit ihr um die Geheimnisse eures Herzens
  wisst
und in diesem Wissen ein Teil vom Herzen des
  Lebens werdet.

Der Herbst der Liebe

Gehen wir hinaus und sammeln Trauben
im Weinberg für die Kelter
und bewahren den Wein auf in alten Amphoren,
wie der Geist das Wissen der Zeitalter
in ewigen Gefäßen aufbewahrt.

Kehren wir heim zu unserer Wohnstatt,
denn der Wind hat die gelben Blätter
von den Bäumen gewirbelt und
die welkenden Blumen umhüllt,
die dem Sommer ihr Klagelied zuflüstern.

Komm nach Hause, mein ewiger Liebling!
Denn die Vögel sind gen Süden gepilgert
und den erkalteten Wiesen entflohen,
die der Schmerz der Einsamkeit befällt.
Jasmin und Myrte
haben keine Tränen mehr.

Ziehen wir uns zurück –
denn der müde Bach hat aufgehört zu singen,
die sprudelnden Quellen sind erschöpft
von ihrem reichlichen Weinen,

und die achtsamen alten Hügel
haben ihre farbenfrohen Gewänder eingelagert.

Komm, meine Geliebte!
Zu Recht ist die Natur ermattet
und nimmt mit leiser, gleichmütiger Melodie
Abschied von ihrem Überschwang.

Zwischen Herz und Seele

Ein Liebender spricht über seine Geliebte:

> Niemals bringt der Vorwurf das Herz
>   von seinem Ziel ab,
> noch hält das Alleinsein die Seele von
>   der Wahrheit fern.
>
> Ein Mensch zwischen seinem Herzen
>   und seiner Seele
> gleicht einem zarten Zweig
> zwischen Nordwinden und Südwinden.
>
> Ich folge dir, o Liebe!
> Was wünschst du von mir?
> Ich bin gewandert mit dir
> auf flammendem Pfad,
> und als ich die Augen öffnete,
> sah ich nichts als Finsternis.
> Meine Lippen zitterten,
> doch du ließest sie nur
> Worte der Trübsal sprechen.

Liebling, du hast mein Herz hungrig
  gemacht
nach der Anmut deiner Gegenwart,
denn ich bin schwach, und du bist stark.
Warum haderst du mit mir?

Die Bäche eilen zu ihrer Geliebten, der
  See.
Die Blumen lächeln ihrer Liebsten zu,
  der Sonne.
Die Wolken sinken herab zu ihrem
  Verehrer, dem Tal.
Ich werde nicht gehört von den Bächen
noch gesehen von den Blumen
noch erkannt von den Wolken.

Als ich entdeckte, dass du eine Prinzessin
  bist,
und dabei meine Armut betrachtete,
verstand ich: Gott bewahrt ein Geheimnis,
der Menschheit nicht offenbart –
dass ein geheimer Pfad den Geist
an Orte führt, wo die Liebe vergessen
  kann
die Gewohnheiten der Erde.

Ein Blick in deine Augen verriet mir:
Dieser Pfad führt zu einem Paradies,
dessen Tor das menschliche Herz ist.

Tränen und Tautropfen

Du magst vergessen den einen,
mit dem du gelacht hast,
doch niemals den anderen,
mit dem du geweint hast.

Das Salz muss eine seltsam
heilige Substanz enthalten.
Sie ist in unseren Tränen
und ist zugleich im Meer.

In Seinem gnädigen Durst wird
unser Gott uns alle trinken,
den Tautropfen und die Träne.

Tiefe

Immer schon ist es so gewesen,
dass die Liebe ihre Tiefe nicht kennt,
ehe die Stunde der Trennung anbricht.

Wo bist du nun,
mein anderes Selbst?

O Gefährtin meiner Seele, wo bist du?

Hast du eine Erinnerung an den Tag unserer Begegnung, da der Lichtkranz deines Geistes uns umgab, die Engel der Liebe uns umschwebten und das Loblied auf das Werk der Seele sangen?

Entsinnst du dich, als wir im Schatten der Bäume saßen und uns vor der Menschheit schützten, so wie die Rippen das göttliche Geheimnis des Herzens vor Verletzung bewahren?

Denkst du noch an die Pfade, die wir beschritten, die Wälder, die wir durchwanderten, Hand in Hand, während unsere Köpfe aneinander lehnten, als würden wir uns im eigenen Innern verbergen?

Rufst du dir die Stunde zurück, in der ich von dir Abschied nahm, und jenen Kuss, den du mir auf die Lippen gabst? Dieser Kuss lehrte mich, dass die liebende Vereinigung der Lippen himmlische Mysterien offenbart, welche die Zunge niemals aussprechen kann!

Dieser Kuss war der Auftakt zu einem tiefen Seufzer, ähnlich dem Atemhauch des Allmächtigen, der Erde in ein menschliches Wesen verwandelte.

Ich erinnere mich, wie du mich küsstest und küsstest, während dir Tränen über die Wangen liefen, und sagtest: »Irdische Körper müssen sich oft trennen für einen irdischen Zweck und müssen getrennt leben, weil weltliche Absicht sie dazu zwingt.

Doch der Geist bleibt ungefährdet eins in den Händen der Liebe, bis der Tod kommt und verbundene Seelen zu Gott führt.

Geh, mein Liebling. Die Liebe hat dich zu ihrem Abgesandten erwählt. Gehorche ihr, denn sie ist Schönheit, die ihren Schülern den Becher reicht, darin des Lebens Süße enthalten ist.«

Wo bist du nun, mein anderes Selbst? Wachst du in der Stille der Nacht? Möge die reine Brise dir jeden Schlag und jede Gunst meines Herzens überbringen.

Streichelst du mir in deiner Erinnerung das Gesicht? Dieses Bild ist nicht mehr das meine, denn die Trauer warf ihren Schatten auf mein einst so glückseliges Antlitz.

Schluchzer ließen meine Augen verkümmern, die deine Schönheit widerspiegelten, und meine Lippen vertrocknen, die du mit Küssen versüßt hast.

Wo bist du, meine Geliebte? Hörst du von jenseits des Meeres mein Weinen? Verstehst du meine Not? Kennst du die Größe meiner Geduld?

Wo bist du, mein schöner Stern? Das Dunkel des Lebens hat mich auf seine Seite gezerrt. Die Trauer hat mich erobert.

Lass dein Lächeln durch die Lüfte segeln. Es wird mich erreichen und aufheitern!

Lass deinen Wohlgeruch in die Lüfte strömen. Er wird mir Kraft und Zuversicht verleihen!

Oh, wie groß ist die Liebe, und wie klein bin ich!

Wer kreuzigt die Sonne?

Susanna von Nazareth spricht über Maria, die Mutter Jesu:

Vor zwei Sabbaten war mein Herz wie ein Stein in meiner Brust, denn mein Sohn hatte mich verlassen, um ein Schiff in Tyros zu besteigen. Er wolle zur See fahren, sagte er, und werde nie mehr wiederkehren.

Eines Abends suchte ich dann Maria auf.

Als ich ihr Haus betrat, saß sie an ihrem Webstuhl, aber sie webte nicht, sondern blickte in den Himmel jenseits von Nazareth.

Und ich sagte zu ihr: »Sei gegrüßt, Maria!«

Sie streckte mir den Arm entgegen und erwiderte: »Komm und setz dich zu mir, lass uns betrachten, wie die Sonne ihr Blut auf die Hügel ergießt.«

Ich nahm neben ihr Platz auf der Bank, und wir starrten durch das Fenster nach Westen.

Wenig später sagte Maria: »Ich frage mich: Wer kreuzigt zu dieser Abendstunde die Sonne?«

Worauf ich antwortete: »Gekommen bin ich, um Trost zu finden. Mein Sohn hat mich verlassen, um zur See zu fahren, und ich bin allein im Haus gegenüber.«

»Gern möchte ich dich trösten«, erklärte sie, »aber wie soll ich's?«

»Wenn du nur von deinem Sohn sprichst, werde ich getröstet sein.«

Da lächelte Maria mir zu, legte die Hand auf meine Schulter und sagte: »Ich werde von ihm sprechen. Was dich trösten wird, wird auch mir Trost spenden.«

Hernach sprach sie von Jesus und erzählte ausführlich all das, was am Anfang geschehen war.

Und mir schien, als würde sie in ihrer Rede keinen Unterschied machen zwischen ihrem Sohn und meinem.

Denn sie sagte zu mir: »Mein Sohn ist ebenfalls ein Seefahrer. Warum wolltest du deinen Sohn nicht den Wellen anvertrauen, gleichwie ich ihnen den meinen anvertraut habe?

Die Frau wird für immer der Schoß und die Wiege sein, doch niemals das Grab. Wir sterben, um dem Leben das Leben zu schenken, auch wenn unsere Finger den Faden spinnen für das Gewand, das wir niemals tragen werden.

Und wir werfen das Netz aus, um den Fisch zu fangen, von dem wir niemals kosten werden.

Und darum trauern wir, doch in all diesem liegt unsere Freude.«

So sprach Maria zu mir.

Und ich verließ sie und gelangte zu meinem Haus. Und obwohl das Licht des Tages erloschen war, saß ich an meinem Webstuhl, um noch mehr Stoff zu weben.

Jahreszeiten eures Herzens

Euer Schmerz ist, was die Schale aufbricht,
die euer Verstehen umschließt.

Gerade so, wie der Kern in der Frucht aufbrechen muss,
damit sein Herz unter der Sonne fortbestehen kann,
müsst ihr den Schmerz erfahren.

Und könntet ihr im Herzen das Staunen bewahren
über die täglichen Wunder eures Lebens,
würde euer Schmerz nicht weniger
wundersam erscheinen als eure Freude.

Ihr würdet die Jahreszeiten eures Herzens gutheißen,
gerade so, wie ihr stets die Jahreszeiten
gutgeheißen habt, die über eure Felder ziehen.

Große Sehnsucht

Der Narr spricht:

Hier sitze ich, zwischen meinem Bruder, dem Berg, und meiner Schwester, der See.

Wir drei sind eins in der Einsamkeit, und die Liebe, die uns verbindet, ist tief und stark und seltsam. Nein, sie ist tiefer als die Tiefe meiner Schwester und stärker als die Stärke meines Bruders und seltsamer als die Seltsamkeit meines Narrentums.

Äonen über Äonen sind vergangen, seit die erste graue Morgendämmerung uns füreinander sichtbar machte. Und obgleich wir die Geburt und die Fülle und den Tod vieler Welten gesehen haben, sind wir noch immer begierig und jung.

Wir sind jung und begierig, zugleich aber ohne Gefährte und ohne Gesellschaft. Und wiewohl wir in unverbrüchlicher halber Umarmung liegen, werden wir doch nicht getröstet. Welchen Trost gibt es für gezügeltes Verlangen und ungelebte Leidenschaft? Von wo soll der flammende Gott kommen, das Bett meiner Schwester zu wärmen? Welche Sturzflut soll das Feuer meines Bruders löschen? Und wer ist die Frau, die über mein Herz gebieten soll?

In lautloser Nacht murmelt meine Schwester im Schlaf den unbekannten Namen des Feuergottes, und in der Ferne ruft mein Bruder die kühle und abwesende Göttin an. Aber wen kann ich anrufen in meinem Schlaf? Ich weiß es nicht.

Hier sitze ich, zwischen meinem Bruder, dem Berg, und meiner Schwester, der See. Wir drei sind eins in der Einsamkeit, und die Liebe, die uns verbindet, ist tief und stark und seltsam.

Sehnsucht jenseits der Worte

Wir waren flatternde, umherstreifende,
sehnsüchtige Geschöpfe,
Tausende, Abertausende Jahre,
ehe das Meer und der Wind in den Wäldern
uns Worte eingaben.

Wie also können wir zum Ausdruck bringen
die uralten Tage in uns
allein mit den Lauten
unseres Gestern?

Die Sphinx sprach nur einmal,
und sie sagte:
»Ein Sandkorn ist eine Wüste,
und eine Wüste ist ein Sandkorn.
Und nun wollen wir alle wieder schweigen.«

Allein?

Allein?
Was ist schon dabei?
Allein bist du gekommen,
und allein wirst du
in den Dunst übergehen.

Trinke also deinen Becher
allein und schweigsam.

Die Herbsttage haben andere Lippen
geschenkt, andere Becher,
und sie mit Wein gefüllt,
bitter und süß, noch während
dein Becher gefüllt wurde.

Trinke deinen Becher allein,
auch wenn er nach deinem Blut
schmeckt und deinen Tränen,
und preise das Leben für
die Gabe des Durstes.

Denn ohne Durst ist dein Herz nur
das Gestade einer öden See,
sanglos und ohne Gezeit.

Das Herz entsiegeln

Wie soll mein Herz entsiegelt werden,
wenn es nicht gebrochen wird?
Nur tiefe Trauer oder große Freude
kann deine Wahrheit offenbaren.
Willst du offenbart werden,
musst du entweder
nackt in der Sonne tanzen
oder dein Kreuz tragen.

Zum Herzen sprechen,
dem Herzen lauschen

Die Stimme des Lebens in mir
kann das Ohr des Lebens in dir
nicht erreichen, doch lass uns reden,
auf dass wir uns nicht einsam fühlen.

Wenn jemand eine Lüge erzählt, die
weder dich schmerzt noch sonst wen,
warum sagst du dir dann nicht im Herzen:
Das Haus der bloßen Tatsachen
ist zu klein für seine Fantasien,
und so musste er's verlassen
eines weiteren Raumes wegen?

Ein großer Mensch hat zwei Herzen:
Dieses blutet und jenes duldet.
Die Wirklichkeit der anderen Leute liegt
nicht in dem, was sie dir preisgeben,
sondern in dem, was sie dir nicht preisgeben können.

Willst du sie daher verstehen,
so lausche nicht dem, was sie sagen,
sondern dem, was sie verschweigen.

Freiheit und Sklaverei

Du bist frei im Angesicht der Sonne des Tages
und frei im Angesicht der Sterne der Nacht.
Auch bist du frei, wenn weder Sonne noch Mond
oder Sterne in Erscheinung treten.

Du bist sogar frei, wenn du
die Augen schließt vor all dem, was ist.

Doch bist du ein Sklave
des Wesens, das du liebst,
weil du es liebst,
und ein Sklave derjenigen,
die dich liebt,
weil sie dich liebt.

Willst du besitzen,
darfst du nicht fordern.

Weint um den Geliebten …

Zu der Zeit von Jesus stimmt eine Frau aus Byblos eine Wehklage an:[*]

Weint mit mir, ihr Töchter der Astarte,
und ihr alle, die ihr Tammuz liebt.

Heißt euer Herz zu schmelzen und zu schwellen,
und zerfließt vor Bluttränen,
denn der aus Gold und Elfenbein Geschaffene,
er ist nicht mehr.

Im finstren Wald bezwang ihn der Eber,
und des Ebers Hauer durchbohrten sein Fleisch.
Nun ruht er, befleckt mit den Blättern vom letzten Jahr,
und nicht länger werden seine Schritte die Samen
    wecken,
die im Schoß des Frühlings schlummern.

---

[*] Byblos ist eine antike Hafenstadt an der Mittelmeerküste im Libanon. Vormals besetzt von Ägyptern und Assyrern, war Byblos der Ort der Großen Göttin Astarte (auch »Dame von Byblos« genannt) und ihres sterbenden göttlichen Gemahls Tammuz. Die Anbetung beider war zu der Zeit von Jesus zweifellos noch stark ausgeprägt. *Anm. d. Hrsg.*

Nicht an mein Fenster wird
seine Stimme dringen mit dem Morgendämmer,
und ich werde allein sein für immer.

Weint mit mir, ihr Töchter der Astarte
und ihr alle, die ihr Tammuz liebt,
denn mein Geliebter ist mir entflohen.

Er, der sprach, wie die Flüsse sprechen,
er, dessen Stimme ein Zwilling war der Zeit,
er, dessen Mund roter, versüßter Schmerz war,
er, auf dessen Lippen sich Galle in Honig
   verwandelte.

Weint mit mir, Töchter der Astarte
und ihr alle, die ihr Tammuz liebt!

Weint mit mir an seiner Bahre,
indes die Sterne weinen und
die Mondblüten fallen
auf seinen verwundeten Körper.
Nässt mit euren Tränen
die seidenen Decken meines Bettes,
darauf einst mein Geliebter lag
in meinem Traum
und entschwunden war
in meinem Erwachen.

Ich flehe euch an, Töchter der Astarte
und ihr alle, die ihr Tammuz liebt!

Entblößt eure Brüste und weint und tröstet mich,
denn Jesus von Nazareth ist tot.

Des Herzens Kummer ernten

Die Stimme eines Dichters spricht:

Die Kraft der Nächstenliebe sät Samen tief in meinem Herzen, und ich ernte und bündle den Weizen und gebe ihn an die Hungernden.

Meine Seele schenkt Leben den Weinreben, und ich keltere sie und gebe ihren Saft den Dürstenden.

Der Himmel befüllt meine Lampe mit Öl, und ich stelle sie an mein Fenster, um den Fremden durch das Dunkel zu leiten.

All diese Tätigkeiten führe ich aus, weil ich in ihnen lebe. Und sollte das Schicksal mir die Hände binden und mich daran hindern, so wäre der Tod mein einziger Wunsch. Denn ich bin ein Dichter, und wenn ich nicht geben kann, weigere ich mich zu empfangen.

Die Menschheit wütet wie ein Sturm, doch ich seufze im Stillen, denn ich weiß, dass der Sturm verrauschen muss, indes ein Seufzer zu Gott emporsteigt.

Die Menschheit klammert sich an irdische Gegenstände, doch ich strebe immerzu danach, die Fackel der Liebe festzuhalten, damit sie mich durch ihr Feuer reinige und die Unmenschlichkeit aus meinem Herzen herausbrenne.

Materielle Dinge betäuben Menschen, die ohne Leid leben wollen. Die Liebe erweckt sie mit anregenden Schmerzen.

Die Menschheit ist unterteilt in verschiedene Stämme und Sippen, gehört Ländern und Städten an. Doch ich finde mich wieder als Fremder gegenüber allen Gemeinschaften und gehöre keiner Siedlung an.

Das unermessliche All ist mein Land, und die menschliche Familie mein Stamm.

Menschen sind schwach, und es ist traurig, dass sie sich untereinander entzweien. Die Welt ist eng, und es ist töricht, sie in Königtümer, Reiche und Provinzen zu spalten.

Die Menschheit vereinigt sich nur, um die Tempel der Seele zu zerstören, und reicht sich die Hände, um Bauwerke für irdische Körper zu errichten.

Ich stehe allein da, lausche der Stimme der Hoffnung in meinem tiefen Selbst, und sie sagt: »So wie die Liebe unser Herz mit Kummer belebt, weist uns das Unwissen den Weg des Wissens.«

Kummer und Unwissen führen zu großer Freude und Wissen, weil das Höchste Wesen nichts Vergebliches unter der Sonne geschaffen hat.

3

Alle unsere Beziehungen

Die Liebe hat vielerlei Gesichter,
mannigfache Möglichkeiten, Verstecken zu spielen.
Diejenigen, die wir Familie und Freunde
oder Fremde und Feinde nennen, sind allesamt
Finger der einen liebevollen Hand.

Mutter

Das schönste Wort auf den Lippen der Menschheit ist das Wort *Mutter*. Und die schönste Anrede lautet: »Meine Mutter!« Ein Wort voller Hoffnung und Liebe, ein anmutiges und gütiges Wort, das aus tiefstem Herzen aufsteigt.

Die Mutter ist alles – unser Trost in der Trauer, unsere Zuversicht in der Not und unsere Stärke in der Schwäche. Sie ist die Quelle der Liebe und der Barmherzigkeit, des Mitgefühls und des Verzeihens.

Alles in der Natur spricht von der Mutter. Die Sonne ist die Mutter der Erde und schenkt ihr nährende Wärme. Niemals verlässt sie des Abends die Welt, ohne die Erde in den Schlaf gewiegt zu haben, begleitet vom Gesang des Meeres und vom Loblied der Vögel und Bäche.

Und diese Erde ist die Mutter der Bäume und Blumen. Sie bringt sie hervor, stillt und entwöhnt sie. Die Bäume und Blumen wiederum werden zu fürsorglichen Müttern ihrer großartigen Früchte und Samen. Und die Mutter, der Inbegriff all dessen, was existiert, ist der ewige Geist, erfüllt von Schönheit und Liebe.

Das Wort *Mutter* ist verborgen in unseren Herzen, und es kommt uns über die Lippen in Stunden der Trauer und des Glücks, genau so wie der Duft aus dem Herzen der

Rose kommt und sich vermischt mit klarer oder auch mit trüber Luft.

Das Lied, das still ruht

Das Lied, das still im Herzen einer Mutter ruht,
erklingt auf den Lippen ihres Kindes.
Keine Sehnsucht bleibt unerfüllt.

Sprüche über Kinder

Lange warst du ein Traum im Schlaf deiner Mutter,
bis sie erwachte, um dich zur Welt zu bringen.

Der Keim des Menschengeschlechts liegt in der
Sehnsucht deiner Mutter.

Mein Vater und meine Mutter wünschten sich ein Kind,
und so zeugten sie mich.
Und ich wollte eine Mutter und einen Vater, und so
zeugte ich Nacht und Ozean.

Einige unserer Kinder sind unsere Rechtfertigungen,
manch andere nur unsere Gewissensbisse.

Schlaflieder

Oft singen wir unseren Kindern Schlaflieder,
damit wir selbst einschlafen können.

Wenn die Liebe im Fleisch wäre …

Die Mutter von Judas spricht:

Wenn die Liebe im Fleisch wäre,
würde ich sie herausbrennen
mit heißen Eisen
und meinen Frieden haben.

Doch sie ist in der Seele,
unerreichbar.

Verstecken und suchen

Lass uns jetzt Verstecken spielen.

Solltest du dich in meinem Herzen verstecken,
wäre es ein Leichtes, dich zu finden.

Aber solltest du dich hinter
deiner eigenen Schale verstecken,
wäre es sinnlos,
dass irgendjemand nach dir sucht.

Liebeslied

Einst schrieb ein Dichter ein Liebeslied, und es war wunderbar. Er fertigte viele Kopien davon an und sandte sie seinen Freunden und Bekannten, sowohl Männern als auch Frauen, und sogar einer jungen Frau, der er nur einmal begegnet war und die hinter den Bergen lebte.

Nach ein oder zwei Tagen erschien ein Bote der jungen Frau und überbrachte dem Dichter einen Brief. Darin erklärte sie: »Lassen Sie mich Ihnen versichern, dass ich tief berührt bin von dem Liebeslied, das Sie mir geschrieben haben. Kommen Sie jetzt, um meinen Vater und meine Mutter zu sehen, sodann werden wir Vorbereitungen für die Verlobung treffen.«

Der Dichter beantwortete den Brief und teilte ihr mit: »Meine Freundin, es war nur ein Liebeslied aus dem Herzen eines Dichters, das von jedem Mann für jede Frau gesungen wird.«

Darauf erwiderte sie ihm: »Heuchler und Lügner in Worten! Von diesem Tag bis zu meinem Todestag werde ich Ihretwegen alle Dichter hassen.«

Liebe und Hass

Eine Frau sagte zu einem Mann: »Ich liebe dich.«
Und er erwiderte: »Es liegt in meinem Herzen, deiner Liebe würdig zu sein.«

Worauf sie fragte: »Liebst du mich nicht?«

Er starrte sie nur an und schwieg.

Da rief die Frau mit lauter Stimme: »Ich hasse dich!«

Und der Mann entgegnete: »Dann liegt es ebenso in meinem Herzen, deines Hasses würdig zu sein.«

Zwei Seiten

Gestern Abend sah ich auf den Marmorstufen des
Tempels eine Frau zwischen zwei Männern sitzen.

Eine Seite ihres Gesichts war blass,
die andere errötete.

Der Eremit, die Tiere und die Liebe

Vormals lebte zwischen den grünen Hügeln ein Eremit, der reinen Geistes und unschuldigen Herzens war. Alle Tiere des Bodens und alle Vögel der Luft kamen in Paaren zu seiner Bleibe, wo er das Wort an sie richtete. Frohgemut lauschten sie seinen Ausführungen, scharten sich um ihn und wollten vor Anbruch der Dunkelheit nicht von der Stelle weichen, bis er sie dann fortschickte und mit seinen Segnungen dem Wind und den Wäldern anvertraute.

Eines Abends, als er gerade über die Liebe redete, hob eine Leopardin den Kopf und wandte sich an ihn: »Ihr sprecht uns vom Lieben. Sagt uns, Herr, wo ist Eure Gefährtin?«

Und der Eremit erwiderte: »Ich habe keine Gefährtin.«

Da erhob sich aus der Gesellschaft der Tiere ein lauter Ausruf der Überraschung, und sie begannen, untereinander zu tuscheln: »Wie kann er uns von Liebe und Paarung erzählen, wenn er selbst nichts darüber weiß?« Und verächtlich, ohne Aufhebens, ließen sie ihn allein zurück.

In jener Nacht lag der Eremit auf seiner Matte mit dem Gesicht zur Erde, weinte bitterlich und schlug sich mit den Händen gegen die Brust.

Mit Liebe arbeiten

Was bedeutet es, mit Liebe zu arbeiten?

Es bedeutet, den Stoff mit Fäden zu weben, die aus eurem Herzen gezogen sind, gerade als solle euer geliebtes Wesen diesen Stoff tragen.

Es bedeutet, ein Haus mit Zuneigung zu bauen, gerade als solle euer geliebtes Wesen in diesem Haus wohnen.

Es bedeutet, Samen mit Feingefühl zu säen und die Ernte mit Freude einzubringen, gerade als solle euer geliebtes Wesen von den Früchten speisen.

Es bedeutet, jedes Ding, das ihr gestaltet, mit einem Hauch eures eigenen Geistes zu versehen.

Und zu wissen, dass all die seligen Toten um euch stehen und zuschauen.

Fächle mir den Wind ein
wenig näher heran ...

Ein blühender Zweig sagte zu seinem benachbarten
Zweig: »Das ist ein öder und leerer Tag.« Worauf der
andere erwiderte: »In der Tat, ein leerer und öder Tag.«

In diesem Moment landete ein Sperling auf einem der
Zweige, dann ein weiterer nahebei.

Einer der Sperlinge zirpte und klagte: »Meine Gefährtin
hat mich verlassen!«

Und sein Artgenosse rief: »Auch meine Gefährtin ist fort
und wird nicht wiederkommen. Was kümmert's mich?«

Anschließend begannen die beiden Vögel zu schilpen
und zu schelten, um alsbald sich zu bekämpfen und großen
Lärm zu veranstalten, der weithin zu hören war.

Plötzlich kamen zwei weitere Sperlinge vom Himmel
herabgeflogen und setzten sich neben die zwei Rastlosen.
Und es herrschte Stille, und es herrschte Frieden.

Wenig später flogen die vier in Paaren davon.

Da sagte der erste Zweig zu seinem Gegenüber: »Was
für ein gewaltiger, schriller Krach!«

»Nenn es, wie du willst«, entgegnete der andere, »jetzt ist
es friedlich hier und geräumig. Mir scheint, wenn die obe-
re Luft Frieden schließt, mögen auch diejenigen, die in der

unteren wohnen, Frieden schließen. Möchtest du mir nicht den Wind ein wenig näher heranfächeln?«

»Oh, vielleicht schon«, sprach der erste Zweig, »um des Friedens willen und ehe der Frühling vorüber ist!«

So schwankte er mit dem starken Wind hin und her, um den anderen zu umfangen.

Sprüche über Feinde

Ich habe keine Feinde, o Gott,
doch sollte ich einen haben,
möge seine Stärke gleich der meinen sein,
auf dass allein die Wahrheit siege.

Du wirst ganz freundlich sein
zu deinem Feind,
wenn ihr beide sterben müsst.

Oftmals habe ich gehasst,
um mich selbst zu verteidigen.
Doch wenn ich stärker wäre,
hätte ich eine solche Waffe nicht benutzt.

Freunde und Fremde

Georgus von Beirut spricht über Jesus:

Er und seine Freunde waren im Pinienhain hinter meiner Hecke, und er sprach zu ihnen. Ich stand bei der Hecke und lauschte. Und ich wusste, wer er war, denn sein Ruhm hatte diese Küsten erreicht, ehe er selbst sie besuchte.

Nach dem Ende seiner Rede näherte ich mich ihm und sagte: »Herr, kommt mit diesen Männern und beehrt mich und mein Haus.«

Er lächelte mir zu und erwiderte: »Nicht heute, mein Freund. Nicht heute.«

In seinen Worten lag ein Segen, und seine Stimme umhüllte mich wie ein Gewand in kalter Nacht.

Dann wandte er sich seinen Freunden zu und sagte: »Seht einen Mann, der uns nicht als Fremde betrachtet, und obwohl er uns vor diesem Tag nie gesehen hat, bittet er uns an seine Türschwelle.

Wahrlich, in meinem Königreich gibt es keine Fremden. Unser Leben ist nichts anderes als das Leben aller Menschen, das uns zuteilwurde, damit wir um alle Menschen wissen und sie in solchem Wissen lieben.

Die Handlungen aller Menschen sind nichts anderes als unsere Handlungen, sowohl der verborgenen wie der offenbaren.

Ich heiße euch nicht, eine Person zu sein, sondern viele Personen – der Hausbesitzer und der Obdachlose, der Pflüger und der Sperling, der das Korn pickt, ehe es in der Erde schlummert, der Gebende, der in Dankbarkeit gibt, und der Empfänger, der mit Stolz und Anerkennung empfängt.

Die Schönheit des Tages liegt nicht nur in dem, was ihr seht, sondern in dem, was andere sehen.

Darum habe ich euch auserkoren unter den vielen, die mich auserkoren haben.«

Hernach richtete er den Blick wieder auf mich, lächelte und erklärte: »Ich spreche diese Worte auch zu dir, und auch du wirst dich ihrer erinnern.«

Inständig bat ich ihn: »Meister, wollt Ihr nicht mein Haus besuchen?«

Und er antwortete: »Ich kenne dein Herz, und ich habe dein größeres Haus besucht.«

Als er mit seinen Jüngern fortging, tat er mir kund: »Gute Nacht, möge dein Haus groß genug sein, um all die Wanderer des Landes zu beherbergen.«

Freundschaft – die Stunden
ausleben

Wenn euer Freund freimütig seine Gedanken äußert, fürchtet ihr nicht das Nein in euren Gedanken, noch haltet ihr das Ja zurück.

Und wenn er schweigt, hört euer Herz nicht auf, seinem Herzen zu lauschen.

Denn in der Freundschaft werden alle Gedanken, alle Wünsche, alle Erwartungen ohne Worte geboren und geteilt, mit einer Freude, die keines Zuspruchs bedarf.

Und geht ihr fort von eurem Freund, seid ihr nicht betrübt; denn was ihr an ihm am meisten liebt, kann während seiner Abwesenheit in klarerem Licht erscheinen, so wie dem Gipfelstürmer der Berg von der Ebene aus deutlicher erscheint.

Und möge die Freundschaft keinem sonstigen Zweck dienen als der Vertiefung des Geistes.

Denn Liebe, die nach anderem trachtet als der Enthüllung ihres Mysteriums, ist keine Liebe, sondern ein ausgeworfenes Netz, darin sich nur Tand verfängt.

Und: Eurem Freund gebühre euer Bestes.

Wenn er die Ebbe eurer Gezeiten erfahren muss, dann lasst ihn auch eure Flut kennenlernen.

Denn was für ein Freund wäre er, würdet ihr ihn bloß aufsuchen, um die Stunden abzutöten?

Sucht ihn stets auf, um die Stunden auszuleben.

Die süße Verantwortung
der Freundschaft

Freundschaft ist immer eine süße Verantwortung,
niemals eine bloße Gelegenheit.

Wenn du deinen Freund nicht verstehst
ungeachtet jeglicher Umstände,
wirst du ihn niemals verstehen.

Den Nächsten lieben

Wenn es dir Freude bereitet,
deinen Nächsten zu lieben,
liegt darin keine Tugend mehr.

Euer Nächster ist euer
unbekanntes Selbst

Josef von Arimathäa erinnert sich an Jesus:

Und er sagte: »Euer Nächster ist euer unbekanntes Selbst, das sichtbar gemacht wurde. Sein Antlitz wird sich widerspiegeln in euren stillen Wassern, und wenn ihr darein blickt, werdet ihr euer eigenes Antlitz erschauen.

Solltet ihr des Nachts lauschen, werdet ihr ihn sprechen hören, und seine Worte werden das Pochen eures eigenen Herzens sein.

Behandelt ihn so, wie ihr von ihm behandelt werden möchtet.

Das ist mein Gesetz, und ich werde es euch mitteilen und euren Kindern, und sie ihren Kindern, bis die Zeit vergangen ist und die Generationen nicht mehr sind.«

Und an einem weiteren Tag erklärte er: »Ihr werdet nicht allein ihr selbst sein. Ihr seid in den Handlungen der anderen, und sie sind, obschon sie es nicht wissen, alle Zeit bei euch.

Sie sollen keine Untat begehen und eure Hände nicht mit den ihren sein.

Sie sollen nicht niederfallen, ohne dass auch ihr niederfallt. Und sie sollen sich nicht erheben, ohne dass ihr euch mit ihnen erhebt.

Ihr Weg zum Heiligtum ist euer Weg, und wenn sie das Ödland aufsuchen, sucht ihr es mit ihnen auf.

Ihr und euer Nächster seid zwei Samen, ins gleiche Feld gesät. Zusammen wachst ihr, und zusammen werdet ihr im Wind schwanken. Und keiner von euch soll das Feld für sich beanspruchen. Denn ein Same, im Wachstum begriffen, fordert nicht einmal seine eigene Glückseligkeit.

Heute bin ich bei euch. Morgen werde ich nach Westen ziehen. Doch bevor ich aufbreche, sage ich euch, dass euer Nächster euer unbekanntes Selbst ist, das sichtbar gemacht wurde.

Sucht nach ihm in Liebe, auf dass ihr euch selbst kennt, denn nur in dieser Kenntnis werdet ihr zu meinen Brüdern.«

Der nicht befreundete Nächste

Der Raum, der zwischen dir und deinem
nahen, nicht befreundeten Nächsten liegt,
ist in der Tat größer als jener zwischen
dir und deinem Liebling, der jenseits
der sieben Länder und sieben Meere weilt.

Euer Nächster ist ein Feld

Petrus erinnert sich an seine Zeit mit Jesus:

Einmal, in Kapernaum, sprach mein Herr und Meister folgende Worte:

»Euer Nächster ist euer anderes Selbst, das hinter einer Mauer wohnt. Im Verstehen aber werden alle Mauern einstürzen.

Wer weiß schon, dass euer Nächster euer besseres Selbst ist, mit der Hülle eines anderen Körpers angetan? Seht zu, dass ihr ihn liebt, wie ihr euch selbst lieben würdet.

Auch er ist eine Erscheinungsform des Allerhöchsten, den ihr nicht kennt.

Euer Nächster ist ein Feld, auf dem die Frühlinge eurer Hoffnung in ihren grünen Gewändern einhergehen und die Winter eurer Sehnsucht von schneebedeckten Gipfeln träumen.

Euer Nächster ist ein Spiegel, darin ihr euer Angesicht schauen werdet, schön geworden durch eine Freude, die euch unvertraut war, und durch eine Trauer, die ihr mit niemandem geteilt habt.

Ich wünschte, ihr würdet euren Nächsten gar so lieben, wie ich euch geliebt habe.«

Daraufhin fragte ich ihn: »Wie kann ich einen Nächsten lieben, der mich nicht liebt und mein Eigentum begehrt? Einen, der bereit ist, mir Hab und Gut zu stehlen?«

Und er antwortete: »Wenn ihr pflügt und euer Knecht die Samen hinter euch sät, würdet ihr dann innehalten und zurückblicken und einen Sperling verscheuchen, der ein paar von euren Samen aufpickt? Solltet ihr das tun, wärt ihr der Reichtümer eurer Ernte nicht würdig.«

Als Jesus dies gesagt hatte, war ich beschämt und verfiel in Schweigen. Doch fühlte ich keine Angst, denn er lächelte mich an.

Liebe und Heimatliebe

Die Stimme eines Dichters spricht:

Ich verspüre eine tiefe Sehnsucht nach meinem wunderbaren Land, und ich liebe seine Menschen wegen ihrer Not. Würden sie aber, angestachelt durch die Gier nach Raub und getrieben von dem, was sie »patriotischen Geist« nennen, sich erheben, um in das Land meines Nächsten einzudringen, zu morden und jede Art von menschlicher Grausamkeit zu begehen, so würde ich mein Volk und mein Land verabscheuen.

Ich singe das Loblied auf meinen Geburtsort und wünsche inständig, die Heimat meiner Kinder zu sehen. Doch würden sich die Menschen in dieser Heimat weigern, bedürftige Wanderer zu beherbergen und zu verpflegen, so würde ich mein Loblied in einen Zorngesang verwandeln und meine Sehnsucht in Vergessen. Meine innere Stimme würde sagen: »Das Haus, das den Bedürftigen keinen Trost spendet, hat nichts als Zerstörung verdient.«

Ich liebe mein Heimatdorf, teils mit der Liebe zu meinem Land. Und ich liebe mein Land, teils mit der Liebe zur Erde, die im Ganzen mein Land ist. Und ich liebe die Erde mit allem, was ich bin, denn sie ist die Oase der Menschheit, der verkörperte Geist Gottes.

Die Menschheit ist der Geist des Höchsten Wesens auf Erden, und diese Menschheit befindet sich inmitten von Ruinen, verbirgt die eigene Nacktheit hinter zerfetzten Lumpen, vergießt Tränen auf hohle Wangen und ruft nach ihren Kindern mit erbärmlicher Stimme. Doch die Kinder singen eifrig die Hymne ihrer Sippe. Emsig schärfen sie die Schwerter, außerstande, das Weinen ihrer Mütter zu vernehmen.

Die Menschheit appelliert an jeden Einzelnen, aber niemand hört zu. Würde einer es tun und eine Mutter trösten, indem er ihr die Tränen wegwischt, würden andere sagen: »Er ist schwach, von Gefühlen überwältigt.«

Die Menschheit ist der Geist des Höchsten Wesens auf Erden, und dieses Höchste Wesen predigt Liebe und Wohlwollen. Doch die Menschen verspotten solche Lehren. Jesus von Nazareth lauschte diesen, und die Kreuzigung war sein Los. Sokrates hörte die Stimme und folgte ihr, und auch er wurde zum leibhaftigen Opfer. Die Jünger des Nazareners und die Schüler des Sokrates sind die Anhänger der Gottheit, und da die Menschen sie nicht zu töten gedenken, verhöhnen sie sie mit den Worten: »Spott ist bitterer als Mord.«

Jerusalem konnte den Nazarener nicht umbringen, genauso wenig wie Athen Sokrates. Beide sind nach wie vor lebendig und werden ewig leben. Und so kann auch Spott nicht über die Anhänger der Gottheit triumphieren. Sie leben und gedeihen für immer.

Freiräume in eurem Zusammensein

Zusammen wurdet ihr geboren,
   und zusammen werdet ihr bleiben bis in alle Ewigkeit.

Doch lasst einander Freiräume in eurem Zusammensein,
   und lasst die Winde des Himmels zwischen euch tanzen.

Liebt einander, aber macht aus der Liebe keine Fessel.
Lasst sie eher eine wogende See zwischen den Gestaden
   eurer Seelen sein.

Singt und tanzt zusammen und seid fröhlich,
   aber lasst einander allein sein,
   ebenso wie die Saiten einer Laute allein sind,
   auch wenn die gleiche Musik sie gemeinsam
   in Schwingung versetzt.

Gebt eure Herzen hin, aber nicht in des anderen
   Gewahrsam.
Denn einzig die Hand des Lebens kann eure Herzen
   umschließen.

Flamme an Flamme

[Die alten Erdgötter setzen ihre Unterhaltung über den Sinn des Lebens fort, während sie zwei Liebende beobachten, die sich umarmen:]

Seht, Mann und Frau,
Flamme an Flamme in reiner Verzückung.
Wurzeln, die an der Brust der purpurnen Erde saugen,
Fackellilien an den Brüsten des Himmels.
Und wir sind die purpurne Brust,
und wir sind der bleibende Himmel.

Unsere Seele, ja die Seele des Lebens,
eure Seele und meine,
wohnt diese Nacht in einer entbrannten Kehle
und umhüllt den Körper eines Mädchens mit
    brandenden Wellen.

Euer Zepter kann dieses Schicksal nicht lenken,
euer Überdruss ist nichts als ein Wunschtraum.
Dies und alles wird fortgewischt
in der Leidenschaft eines Mannes und einer Frau.

Die beiden, von der Liebe erobert,
auf deren Körper der Triumphwagen der Liebe
vom Meer zum Berg fuhr
und wieder zurück vom Berg zum Meer,
stehen auch jetzt noch in scheuer, zager Umarmung.

Blütenblatt an Blütenblatt
atmen sie den heiligen Duft.
Seele an Seele
finden sie die Seele des Lebens.
Und auf ihren Augenlidern
liegt ein Gebet
an euch und an mich.

Die Liebe ist eine Nacht,
zur geweihten Laube hinabgebeugt,
ein Himmel, zur Wiese geworden,
und alle Sterne in Leuchtkäfer verwandelt.

Es ist wahr, wir sind das Jenseits,
und wir sind die Höchsten.

Die Liebe aber ist jenseits unserer Fragen,
und die Liebe überflügelt unser Lied.

Die Liebe zum verlorenen Schaf

Im südlichen Libanon spricht ein Schäfer über seine Begegnung mit Jesus:

Dann sagte er, und es war Freude und Lachen in seiner Stimme: »Lass uns in den Norden des Landes gehen und auf den Frühling treffen.

Komm mit mir zu den Hügeln, denn der Winter ist vergangen und der Schnee des Libanongebirges sinkt herab in die Täler, um mit den Bächen zu singen.

Die Felder und Weinberge haben den Schlaf verbannt und sind wach, um mit ihren grünen Feigen und zarten Trauben die Sonne zu begrüßen.«

Es war spät im Sommer, als er und drei andere Männer zum ersten Mal auf der Straße dort drüben gingen. An jenem Abend hielt er inne und verharrte am Ende der Weide.

Ich spielte gerade auf meiner Flöte, und rings um mich graste meine Herde. Als er stehen blieb, erhob ich mich, ging in seine Richtung und trat vor ihn.

Und er fragte mich: »Wo ist Elijas Grab? Befindet es sich nicht irgendwo hier in der Nähe?«

»Es ist dort, mein Herr«, erwiderte ich, »unterhalb des großen Steinhaufens. Noch bis zum heutigen Tag bringt jeder, der hier vorüberkommt, einen Stein mit und legt ihn auf den Haufen.«

Er dankte mir und entfernte sich, und seine Freunde gingen hinter ihm her.

Drei Tage danach erzählte mir Gamaliel, ebenfalls ein Schäfer, jener Wanderer sei ein Prophet in Judäa. Aber ich glaubte ihm nicht. Dennoch dachte ich viele Monde lang an diesen Mann.

Als der Frühling einzog, kam Jesus wieder an der Weide vorbei, und diesmal war er allein.

An dem Tag spielte ich nicht auf der Flöte, denn ich hatte ein Mutterschaf verloren und fühlte den schlimmen Verlust. Und mein Herz war von Kummer schwer.

Ich näherte mich ihm und stand still vor seiner Gestalt, denn mich verlangte, getröstet zu werden.

Und er betrachtete mich und sagte: »Du spielst heute nicht auf deiner Flöte. Woher rührt die Trauer in deinen Augen?«

»Ein Mutterschaf unter meinen Schafen ist verloren gegangen«, antwortete ich. »Überall habe ich nach ihm gesucht, kann es aber nicht finden. Und ich weiß nicht, was tun.«

Einen Augenblick schwieg er. Dann lächelte er mich an und sagte: »Warte hier eine Weile, und ich werde dein Schaf finden.«

So machte er sich auf den Weg und verschwand zwischen den Hügeln.

Nach einer Stunde kehrte er zurück, und mein Schaf war dicht hinter ihm. Als er vor mir stand, schaute es zu seinem Gesicht auf, in das auch ich blickte. Und überschwänglich vor Freude schloss ich mein Schaf in die Arme.

Da legte er mir seine Hand auf die Schulter und sagte: »Von diesem Tag an wirst du dieses Mutterschaf mehr lieben als jedes andere in deiner Herde, denn es war verloren, und jetzt ist es gefunden.«

Abermals umarmte ich freudestrahlend mein Schaf, und es schmiegte sich an mich, und ich blieb stumm.

Doch als ich den Kopf hob, um Jesus zu danken, wandelte er bereits in weiter Ferne, und es fehlte mir der Mut, Ihm zu folgen.

Die Finger der einen
liebevollen Hand

Die Stimme eines Dichters spricht:

Du bist mein Bruder und meine Schwester, weil ihr menschliche Wesen seid. Wir alle sind Kinder eines einzigen Heiligen Geistes. Wir sind gleich und aus der gleichen Erde geschaffen.

Ihr seid hier als meine Gefährten auf dem Weg des Lebens und meine Hilfe, um die Bedeutung verborgener Wahrheit zu verstehen.

Ihr seid menschliche Wesen, und diese Tatsache genügt, dass ich euch liebe.

Ihr könnt über mich sprechen, wie es euch gefällt, denn das Morgen wird euch davontragen und euer Reden als Beweis für sein Urteil heranziehen. Und euch wird Gerechtigkeit widerfahren.

Ihr könnt mir nehmen, was immer ich besitze. Denn meine Gier stiftete zur Häufung von Reichtum an, und so habt ihr Anspruch auf mein Eigentum, wenn es euch zufriedenstellt.

Ihr könnt mir antun, was immer ihr wollt, aber ihr werdet nicht imstande sein, meine Wahrheit anzutasten.

Ihr könnt mein Blut vergießen und meinen Körper verbrennen, doch seid ihr nicht fähig, meinen Geist zu verletzen oder zu töten.

Ihr könnt meine Hände und Füße in Ketten legen und mich in einen finsteren Kerker sperren. Mein Denken indes werdet ihr nicht versklaven, denn es ist frei wie der Windhauch im weiträumigen Himmel.

Du bist mein Bruder und meine Schwester, und ich liebe euch.

Ich liebe euch, wenn ihr in eurer Kirche huldigt, in eurem Tempel niederkniet, in eurer Moschee betet. Ihr und ich, wir alle sind Kinder einer einzigen Religion, denn deren unterschiedliche Wege sind nichts als die Finger an des Höchsten Wesens liebevoller Hand, die sich allen entgegenstreckt, allen vollkommenen Geist schenkt und alle zu empfangen trachtet.

Ich liebe euch für eure Wahrheit, gewonnen aus eurem Wissen, jene Wahrheit, die ich wegen meiner Unwissenheit nicht sehen kann. Doch ich achte sie als etwas Göttliches, denn sie ist das Werk des Geistes. In der kommenden Welt werden eure Wahrheit und meine Wahrheit einander begegnen, sich vermischen wie die Wohlgerüche der Blumen.

Sie werden verschmelzen zu einer ganzen und unverbrüchlichen Wahrheit, die überdauert und in der Ewigkeit von Liebe und Schönheit fortbesteht.

Ich liebe euch, weil ihr schwach seid im Angesicht des starken Unterdrückers und arm im Angesicht des habgierigen Reichen. Darum vergieße ich Tränen und spende euch Trost.

Und von hinter meinen Tränen sehe ich euch umfangen von den Armen der Gerechtigkeit, lächelnd und euren Verfolgern verzeihend.

Du bist mein Bruder und meine Schwester, und ich liebe euch.

4

Eine alles übersteigende Liebe

Liebe ist mehr als ein Gefühl.
Sie ist eine heilige Kraft, die unsere Vorstellungen,
wer wir zu sein glauben, durchbricht und uns
auf einen Weg führt, der durch
dieses Leben und darüber hinaus reicht.

Der Winter der Liebe

Komm nah zu mir,
o Gefährtin meines ganzen Lebens!

Komm nah zu mir
und lass den Hauch des Winters
nicht zwischen uns treten.

Sitze bei mir vor dem Herd,
denn das Feuer ist des Winters einzige Frucht.

Sprich mir von der Glorie in deinem Herzen,
denn sie ist größer als
die schrillen Elemente jenseits unserer Bleibe.

Verriegle die Tür und verhänge die Oberlichter,
denn die grimmige Miene des Himmels
bedrückt mein Gemüt,
und der Anblick unserer verschneiten Felder
bringt meine Seele zum Weinen.

Befülle die Lampe mit Öl
und lass ihren Schein nicht schwächer werden,
stelle sie neben dich,

damit ich unter Tränen lesen kann,
was dein Leben mit mir
auf dein Antlitz geschrieben hat.

Hole den Wein des Herbstes herbei!
Lass uns trinken und singen
das Lied der Erinnerung
an des Frühlings sorglose Saat,
des Sommers wachsame Pflege
und des Herbstes Lohn in der Ernte.

Komm nah zu mir,
o Geliebte meiner Seele!
Das Feuer erkaltet und entflieht
unter der Asche.

Umarme mich,
denn ich fürchte die Einsamkeit.
Die Lampe brennt schwach,
und der Wein, den wir kelterten,
schließt uns die Augen.
Betrachten wir einander,
ehe sie versiegelt sind.

Finde mich mit deinen Armen und umfange mich.
Möge dann der Schlummer unsere vereinten Seelen
    umhüllen.

Küsse mich, meine Geliebte,
denn der Winter hat alles geraubt,
außer unseren regen Lippen.

Du bist nah bei mir, meine Ewige.

Wie tief und weit sein wird
das Meer des Schlummers.
Und wie frisch der Morgendämmer war!

Ein Rhythmus für Liebende

Erheben werdet ihr euch
über eure Worte, aber euer Weg
wird ein Rhythmus bleiben und ein Duft –
ein Rhythmus für Liebende
und für alle, die geliebt werden,
zugleich ein Duft für jene, die ersehnen,
das Leben in einem Garten zu verleben.

Tiefer werdet ihr gehen
als eure Worte, ja,
tiefer noch als sämtliche Klänge,
bis hinab ins Herz der Erde.
Und dort werdet ihr allein sein
mit dem Einen, der wandelt
auf der Bahn der Milchstraße.

Liebe ist die einzige Freiheit

Liebe ist die einzige Freiheit auf der Welt,
weil sie den Geist derart beflügelt,
dass weder die Gesetze der Menschheit
noch die Erscheinungen der Natur
ihren Lauf verändern können.

Liebe ist Gerechtigkeit

Die Stimme eines Dichters spricht:

Ihr seid meine Brüder und Schwestern, aber warum hadert ihr mit mir? Warum dringt ihr in mein Land ein und wollt mich unterwerfen, um jenen zu gefallen, die nach Ruhm und Macht streben?

Warum verlasst ihr eure Frauen, Männer und Kinder und folgt dem Tod zu einem fernen Land, denen zuliebe, die Ruhm erkaufen mit eurem Blut und hohe Ehre mit den Tränen eurer Mütter?

Ist es eine Ehre für einen Mann, seinen Bruder zu töten? Wenn ihr das als Ehre betrachtet, so macht daraus einen Akt der Verehrung und errichtet einen Tempel für Kain, der seinen Bruder Abel erschlug.

Ist Selbsterhaltung nicht das erste Gesetz der Natur? Warum treibt euch dann die Gier zum Selbstopfer, nur um damit euren Brüdern und Schwestern Leid anzutun? Hütet euch, meine Brüder und Schwestern, vor dem Anführer, der behauptet: »Die Liebe zum Dasein verpflichtet uns, die Menschen ihrer Rechte zu berauben!«

Allein dies sage ich euch:

Die Rechte der anderen zu sichern ist die edelste und wunderbarste menschliche Tat. Sollte mein Dasein von mir fordern, andere zu töten, ist der Tod ehrenwerter für mich. Und kann ich niemanden finden, der zum Schutz meiner Ehre mich tötet, werde ich nicht zögern, Hand an mich zu legen um der Ewigkeit willen, ehe die Ewigkeit anbricht.

Selbstsucht, meine Brüder und Schwestern, ist die Ursache blinder Überlegenheit, und Überlegenheit begründet Sippschaft, und Sippschaft bringt Obrigkeit hervor, die wiederum zu Zwietracht und Unterwerfung führt.

Die Seele glaubt an die Macht des Wissens und der Gerechtigkeit über finsteres Unwissen. Sie verneint die Obrigkeit, welche die Schwerter bereitstellt, Unwissen und Unterdrückung zu verteidigen und zu verfestigen. Jene Obrigkeit zerstörte Babylon, erschütterte die Grundmauern Jerusalems und hinterließ Rom in Trümmern. Sie war es, die Menschen dazu verleitete, Verbrecher zu rühmen, Schriftsteller dazu, ihre Namen hoch zu schätzen, und Historiker dazu, die Geschichten ihrer Unmenschlichkeit als Lobpreisung darzustellen.

Die einzige Obrigkeit, der ich gehorche, ist dies Wissen, das natürliche Gesetz der Gerechtigkeit zu bewahren und darin einzuwilligen. Welche Gerechtigkeit bezeugt die Obrigkeit, wenn sie den Mörder tötet? Wenn sie den Räuber ins Gefängnis sperrt? Wenn sie in ein benachbartes Land einfällt und dessen Volk abschlachtet?

Was hält die Gerechtigkeit von der Obrigkeit, unter welcher ein Mörder den bestraft, der tötet, und ein Dieb den belangt, der stiehlt?

Ihr seid meine Brüder und Schwestern, und ich liebe euch. Und Liebe ist Gerechtigkeit mit all ihrer Stärke und

Erhabenheit. Würde meine Liebe zu euch, ungeachtet eurer Herkunft und eurer Gemeinschaft, nicht bekräftigt durch Gerechtigkeit, wäre ich ein Betrüger, der die Hässlichkeit der Selbstsucht unter dem Gewand reiner Liebe verbirgt.

Die Stille flüstert unseren Herzen zu

Es sind nicht die Silben, die von Zungen und Lippen kommen, die Herzen zusammenbringen. Es gibt etwas Größeres und Reineres als das, was der Mund ausspricht.

Die Stille erleuchtet unsere Seelen, flüstert unseren Herzen zu und führt sie zueinander.

Die Stille trennt uns von uns selbst, lässt uns durch das Firmament des Geistes schweben und bringt uns dem Himmel näher.

Sie gibt uns das Gefühl, dass Körper nicht mehr sind als Kerker und dass diese Welt nichts anderes ist als ein Ort des Exils.

Liebeslied der Welle

Der starke Strand ist mein Geliebter,
und ich bin sein teurer Schatz.

Endlich sind wir in Liebe vereint,
dann zieht der Mond mich von ihm weg.

Eilends rolle ich auf ihn zu
und gehe widerwillig fort,
mit vielen kleinen Abschiedsgesten.

Von jenseits des blauen Horizonts
stehle ich mich flink hervor,
um das Silber meiner Gischt
auf seines Sandes Gold zu werfen,
bis wir im fließenden Glanz verschmelzen.

Ich stille seinen Durst und überschwemme sein
    Herz.
Er sänftigt meine Stimme und mäßigt mein Ungestüm.

Bei Tagesanbruch bringe ich ihm Regel um Regel
der Liebe zu Gehör, und er umfängt mich voller
    Sehnsucht.

Zur Abendstunde singe ich ihm das Lied der
  Hoffnung
und drücke dann zarte Küsse auf sein Gesicht.

Ich bin geschwind und furchtsam,
doch er ist still, geduldig und versonnen.
Sein breiter Brustkorb lindert meine Unrast.

Mit steigender Flut liebkosen wir einander.
Sobald sie abebbt, falle ich ihm betend zu Füßen.

Viele Male habe ich Nixen umtanzt,
als sie aus den Tiefen stiegen
und sich auf meinem Kamm entspannten,
um die Sterne zu betrachten.

Viele Male habe ich Liebende angehört,
die beklagten, wie gering sie sind,
und ihnen geholfen, Seufzer auszustoßen.

Viele Male habe ich mächtige Felsen geneckt
und sie gestreichelt mit einem Lächeln,
von ihnen aber nie ein Lachen empfangen.

Viele Male habe ich verlorene Seelen,
dem Ertrinken schon so nah, emporgehoben
und sanft zu meinem geliebten Strand getragen.
Die Lebenskraft, die ihm durch mich zuteilwird,
gibt er weiter, haucht sie ihnen ein.

Viele Male habe ich vom Meeresgrund
die schönsten Edelsteine entwendet
und damit meinen Liebsten beschenkt.
Er nimmt sie schweigsam, reglos an;
indes ich noch und noch mehr schenke,
denn immer heißt er mich willkommen.

In der Schwere der Nacht, wenn alle Geschöpfe
den Geist des Schlummers suchen, bleibe ich auf,
um bald zu singen, bald zu seufzen,
zu jeder Stunde bin ich hellwach.

Ach! Geschwächt hat mich die Schlaflosigkeit!

Dennoch bin ich eine Liebende,
und der Liebe Wahrheit ist beständig.
Mag ich auch todmüde sein,
werde ich doch niemals sterben.

Samen des Herzens

Jeder Same ist eine Sehnsucht.

Säe einen Samen, und die Erde
wird dir eine Blume bescheren.

Träume deinen Traum zum Himmel hin,
und er wird dir deinen Liebling bringen.

Gesang der Liebe

Ich bin des Liebenden Augenpaar
und des Geistes Wein
und des Herzens Nahrung.

Ich bin eine Rose –
im Morgenrot öffnet sich mein Herz,
und die Jungfrau küsst mich
und drückt mich an ihr Herz.

Ich bin das Haus des wahren Glücks
und die Quelle des Vergnügens
und der Anbeginn von Frieden und Beschaulichkeit.

Ich bin das sanfte Lächeln auf den Lippen der Schönheit.

Wenn ein junges Wesen mir begegnet,
vergisst es die Mühsal,
und sein ganzes Leben
wird zur Wirklichkeit süßer Träume.

Ich bin die Hochstimmung des Dichters,
die Offenbarung des Künstlers,
die Eingebung des Musikers.

Ich bin ein Heiligtum
im Herzen eines Kindes,
angebetet von seiner gnädigen Mutter.

Ich erscheine zu einem Herzensschrei.
Ich scheue jede Forderung.
Meine Fülle folgt dem Herzenswunsch.
Sie meidet den leeren Anspruch der Stimme.

Ich erschien Adam durch Eva,
und die Vertreibung war beider Los.
Doch offenbarte ich mich Salomon,
und aus meiner Gegenwart schöpfte er Weisheit.

Ich lächelte Helena zu, und
sie verwüstete Tarwada*.
Doch krönte ich Kleopatra, und
im Niltal herrschte Frieden.

Ich bin wie die Zeitalter –
baue heute auf und reiße morgen ein.
Ich gleiche einem Gott, der erschafft und zerstört.

Ich bin anmutiger als das Seufzen eines Veilchens.
Ich bin ungestümer als ein tobender Sturm.

* Arabisch für Troja. *Anm. d. Hrsg.*

167

Geschenke allein verlocken mich nicht,
Abschied entmutigt mich nicht,
Armut verfolgt mich nicht,
Eifersucht beweist nicht meine Achtsamkeit,
Narrheit bezeugt nicht meine Anwesenheit.

O ihr Suchenden, ich bin Wahrheit,
die Wahrheit erfleht.
Wenn ihr mich sucht und empfangt
und beschützt, wird eure Wahrheit
mein Verhalten bestimmen.

Das Licht der Liebe

Liebe ist ein Wort des Lichts,
geschrieben von einer Hand des Lichts,
auf eine Seite des Lichts.

Die Liebe ist sich selbst genug

Die Liebe schenkt nichts als sich selbst
und nimmt nichts als von sich selbst.
Die Liebe besitzt nicht,
noch will sie besessen werden.

Denn der Liebe ist die Liebe genug.

Wenn ihr liebt, sollt ihr nicht sagen:
»Gott ist in meinem Herzen«, sondern:
»Ich bin im Herzen Gottes.«

Wenn die Liebe sehr groß wird

In der Rückschau spricht Johannes von Patmos über Jesus:

Noch einmal wollte ich von ihm berichten.

Gott gab mir die Stimme und die brennenden Lippen, nicht aber die Rede. Unwürdig bin ich des erfüllteren Worts, beschwor jedoch mein Herz, auf dass es mir die Zunge löse.

Jesus liebte mich, und ich weiß nicht, warum. Ebenso liebte ich ihn, weil er meinen Geist anregte, Höhen zu ersteigen jenseits meiner Eignung und Tiefen zu ergründen jenseits meiner Vorstellung.

Die Liebe ist ein heiliges Geheimnis.
Für jene, die lieben,
bleibt es immerzu wortlos.
Für jene aber, die nicht lieben,
mag es nur eine herzlose Narretei sein.

Jesus rief nach mir und meinem Bruder, als wir gerade auf dem Feld arbeiteten. Ich war jung damals, und nur die Stimme der Morgendämmerung war mir zu Ohren gekommen.

Doch seine Stimme und deren mächtig tönender Klang verhieß das Ende meiner Arbeit und den Beginn meiner Leidenschaft. Und fortan gab es für mich nichts anderes mehr, als in der Sonne zu gehen und der Herrlichkeit der Stunde zu huldigen.

Könntet ihr eine Erhabenheit aussinnen, zu liebenswürdig, um erhaben zu sein?

Und eine Schönheit, zu strahlend, um schön zu wirken?

Könntet ihr in euren Träumen eine Stimme hören, die sich vor ihrer eigenen Entrückung scheut?

Er rief nach mir, und ich folgte Ihm.

An jenem Abend kehrte ich zu meines Vaters Haus zurück, um einen anderen Mantel zu holen. Und ich sagte zu meiner Mutter: »Jesus von Nazareth möchte mich in seiner Gesellschaft haben.«

»Gehe seinen Weg, mein Sohn«, erwiderte sie, »gleichwie dein Bruder es tat.«

Also begleitete ich Ihn. Sein Wohlgeruch rief nach mir und gebot über mich, doch einzig um meiner Befreiung willen.

Die Liebe ist ihren Gästen eine gütige Gastgeberin,
den ungebetenen Gästen aber ist ihr Haus
ein Trug, preisgegeben Hohn und Spott.

Nun wollt ihr, dass ich die Wunder erkläre, die Jesus vollbracht hat.

Wir alle sind die wundersame Geste des Augenblicks. Unser Herr und Meister war die Mitte des Augenblicks. Dennoch hegte er nicht den Wunsch, dass seine Gesten bekannt würden.

Ich habe ihn zu dem Lahmen sagen hören: »Erhebe dich und geh nach Hause, aber sag dem Priester nicht, dass ich dich geheilt habe.«

Und sein Sinn war nicht bei den Versehrten, sondern eher bei den Starken und Aufrechten. Sein Denken suchte und ergriff andere Denker, und sein ganzer Geist trat in Verbindung mit anderen Geistern. Und auf diese Weise veränderte sein Geist diese Denker und diese Geister.

Das schien wundersam, aber mit unserem Herrn und Meister war es einfach wie das Atmen der täglichen Luft.

Und so lasst mich nun von weiteren Begebenheiten sprechen.

Eines Tages gingen er und ich allein durch ein Feld, hungrig waren wir und gelangten schließlich zu einem wilden Apfelbaum. Am hohen Ast hingen nur zwei Äpfel. Da umfasste er den Stamm mit seinen Armen, schüttelte ihn, und die beiden Äpfel fielen herab.

Er hob sie auf und reichte mir den einen. Den zweiten hielt er in der Hand. Mit Heißhunger aß ich den Apfel, und ich aß ihn hastig.

Hernach schaute ich zu ihm und bemerkte, dass er noch immer den anderen Apfel in der Hand hielt. Und er gab ihn mir mit den Worten: »Iss auch diesen.«

Ich nahm den Apfel entgegen und aß ihn, getrieben von meinem schamlosen Hunger. Und als wir unseren Weg fortsetzten, betrachtete ich Sein Gesicht. Aber wie soll ich euch sagen, was ich sah?

Eine Nacht, in der Kerzen den Raum erleuchten …
ein Traum jenseits unserer Reichweite …
ein Mittag, an dem alle Schäfer beruhigt und glücklich
    sind, weil ihre Herden grasen …
eine Abendstunde und eine Stille und eine Heimkehr …
dann ein Schlaf und ein Traum.

All dies sah ich auf Seinem Gesicht.

Er hatte mir die beiden Äpfel gegeben. Und ich wusste, dass er hungrig war, genauso wie ich. Doch jetzt weiß ich, dass er gesättigt war, indem er sie mir überließ. Er selbst speiste von einer anderen Frucht an einem anderen Baum.

Mehr würde ich euch über ihn erzählen, aber wie soll ich's?

Wenn die Liebe sehr groß wird,
wird sie wortlos.
Und wenn die Erinnerung zu beladen ist,
sucht sie die stille Tiefe.

Aus meinem tieferen Herzen

Aus meinem tieferen Herzen
erhob sich ein Vogel und flog himmelwärts.
Höher und höher stieg er,
wurde indes größer und größer.
Zuerst war er nur wie eine Schwalbe,
dann wie eine Lerche, dann wie ein Adler,
dann so groß wie eine Frühlingswolke,
und dann füllte er den Sternenhimmel aus.
Aus meinem Herzen flog ein Vogel himmelwärts
und wuchs im Flug immer mehr an.
Aber er verließ nicht mein Herz.

O mein Glaube,
mein ungezähmtes Wissen!
Wie soll ich mich zu deiner Höhe emporschwingen,
um mit dir unser größeres Selbst
am Himmel gezeichnet zu sehen?
Wie soll ich jenes innere Meer in Dunst verwandeln
und mich mit dir im unermesslichen Raum bewegen?
Wie kann ein im Tempel Gefangener
dessen goldene Kuppeln erschauen?
Wie soll das Herz einer Frucht derart geweitet werden,
dass es sie zugleich umschließt?

O mein Glaube!
Hinter diesen Stäben aus Silber und Ebenholz
liege ich in Ketten
und kann nicht mit dir fliegen.
Doch aus meinem Herzen erhebst du dich himmelwärts,
und es ist mein Herz, das dich hält,
und so werde ich mich zufriedengeben.

Sehnsucht nach dem Herzen
des Lieblings

Lazarus beklagt, von Jesus wiedererweckt worden zu sein, und spricht mit seiner Schwester Maria von Bethanien. Ein Narr hört aus der Nähe zu und kommentiert.

Lazarus:

Ich war ein strömendes Gewässer
und suchte das Meer, wo mein Liebling weilt.
Doch als ich die Küste erreichte,
wurde ich zurückgeschickt zu den Hügeln,
um wieder zwischen Felsen zu fließen.

Ich war ein Lied, gefangen in Schweigen,
und sehnte mich nach dem Herzen meines Lieblings.
Doch als die Winde des Himmels mich befreiten
und aussetzten in jenem grünen Wald,
wurde ich nochmals vereinnahmt von einer Stimme
und wieder in Schweigen verwandelt.

Ich war eine Wurzel in der dunklen Erde
und wurde zu einer Blume,
bald zu einem Duft, aufsteigend im Raum,
um meinen Liebling zu umhüllen;
doch dann wurde ich ergriffen von einer
Hand, die mich pflückte,
und wieder zu einer Wurzel,
einer Wurzel in der dunklen Erde.

Der Narr:

Wenn du eine Wurzel bist,
kannst du immer entfliehen
den Stürmen, die durchs Astwerk toben.
Auch ist es gut, ein strömendes Gewässer zu sein,
selbst nachdem du das Meer erreicht hast.
Und natürlich ist es gut für Wasser,
flussaufwärts zu fließen.

Maria:

Aber mein Bruder!
Es ist gut, ein strömendes Gewässer zu sein,
doch nicht gut ist es, ein noch nicht gesungenes Lied
    zu sein,
und es ist gut, eine Wurzel in der dunklen Erde zu sein.

All dies wusste der Meister
und rief dich zurück zu uns,
auf dass wir verstehen:

Es gibt keinen Schleier zwischen Leben und Tod.
Siehst du nicht, wie
ein Wort, in Liebe gesprochen,
Teile zusammenfügen mag,
die eine Illusion, genannt Tod, verstreut hat?

Glaube also und habe Vertrauen,
denn allein im Vertrauen,
das unser tieferes Wissen ist,
kannst du Trost finden.

Lazarus:

Trost?
Trost, der trügerische, der tödliche!
Trost, der unsere Sinne täuscht und uns
zu Sklaven macht der vergehenden Stunde!
Ich wollte keinen Trost.
Ich wollte Leidenschaft!
Ich wollte brennen im kühlen Raum
mit dem mir Liebsten.
Ich wollte im Grenzenlosen sein
mit meinem Gefährten, meinem anderen Selbst.

O Maria, Maria, einst warst du meine Schwester,
und wir kannten einander, auch dann,
als die Nächsten in unserer Sippe uns nicht kannten.
Höre mich nun an, lausche mir mit deinem Herzen.

Wir waren im Raum, mein Liebling und ich,
und wir waren der ganze Raum.
Wir waren im Licht,
und wir waren das ganze Licht.
Wir schweiften umher gar wie der uralte Geist,
der auf den Wassern schwebte,
und ewiglich war es der erste Tag.

Wir waren die Liebe selbst,
die im Herzen der weißen Stille wohnt.
Da erhob sich eine Stimme wie Donner,
eine Stimme wie zahllose Speere,
den Äther durchbohrend, und rief:
»Lazarus, komm heraus!«

Und die Stimme hallte wider und
wider im Raum,
und ich wurde, noch als flutende Gezeit,
zu einer ebbenden Gezeit.
Ein geteiltes Haus, ein zerrissenes Gewand,
eine ungelebte Jugend, ein eingestürzter Turm,
und aus seinen zerbrochenen Steinen
wurde ein Denkmal errichtet.

Eine Stimme rief: »Lazarus, komm heraus!«
So stieg ich vom herrlichen Haus
des Himmels hinab zu einem
Grab innerhalb eines Grabes,
in diesen Körper in versiegelter Gruft.

Liebe und Zeit

Wer unter euch fühlte nicht,
dass seine Kraft zur Liebe grenzenlos ist?

Und dennoch, wer empfände nicht auch,
dass diese Liebe, wiewohl grenzenlos,
eingeschlossen ist im Innersten seines Wesens
und sich nicht vom einen Liebesgedanken zum
 anderen bewegt,
noch von einer Liebestat zur nächsten?

Und ist die Zeit nicht eben so, wie die Liebe ist,
ungeteilt und raumlos?

Aber wenn ihr schon in Gedanken die Zeit
nach Jahreszeiten messen müsst,
so möge jede Jahreszeit alle übrigen in sich bergen –
und möge das Heute die Vergangenheit umfangen
mit Erinnerung, die Zukunft mit Sehnsucht.

Die Liebe wird in einem
Augenblick geschaffen

Es ist falsch, zu denken, die Liebe entstehe
durch lange Gefährtenschaft
und beharrliches Werben.

Die Liebe ist die Frucht geistiger Verwandtschaft,
und wird diese Verwandtschaft nicht
in einem Augenblick geschaffen,
wird sie nicht in Jahren, ja nicht einmal
über Generationen geschaffen werden.

Die Gärten unserer
Leidenschaft

Dreißig Jahre später sinnt Maria Magdalena nach:

Noch einmal sage ich, dass Jesus mit seinem Tod den Tod besiegte und aus dem Grab emporstieg als ein Geist und eine Kraft. Und er ging einher in unserer Einsamkeit und besuchte die Gärten unserer Leidenschaft.

Er liegt nicht dort in jenem zerklüfteten Felsengrab hinter dem Stein.

Wir, die ihn lieben, schauten ihn mit diesen unseren Augen, die er sehend machte. Und wir berührten ihn mit diesen unseren Händen, die auszustrecken er lehrte.

Ich kenne euch, die nicht an ihn glauben. Ich war eine von euch, und ihr seid viele. Aber eure Zahl wird verringert werden.

Müsst ihr eure Harfe und eure Leier zerbrechen, um darin die Musik zu finden?

Oder müsst ihr einen Baum fällen, ehe ihr glauben könnt, dass er Früchte trägt?

Ihr hasst Jesus, weil jemand aus dem Norden des Landes sagte, er sei Gottes Sohn. Doch hasst ihr einander, weil jeder von euch sich für zu groß hält, um der Bruder des Nächsten zu sein.

Ihr hasst ihn, weil jemand erklärte, er sei dem Schoß einer Jungfrau entsprungen und nicht dem menschlichen Samen.

Aber ihr kennt nicht die Mütter, die als Jungfrauen zum Grab gehen, noch die Männer, die ins Grab hinabsteigen, gewürgt von ihrem eigenen Durst.

Ihr wisst nicht, dass die Erde zur heiligen Hochzeit der Sonne gegeben wurde und dass es die Erde ist, die uns aussendet zum Berg und in die Wüste.

Ein Abgrund klafft zwischen denen, die ihn lieben, und jenen, die ihn hassen, zwischen denen, die glauben, und jenen, die nicht glauben.

Doch wenn die Jahre diesen Abgrund überbrückt haben, werdet ihr wissen, dass er, der in uns lebte, unsterblich ist, dass er Gottes Sohn war, ebenso wie wir Gottes Kinder sind. Dass er von einer Jungfrau geboren wurde, gleichwie wir von der gattenlosen Erde geboren werden.

Es ist überaus seltsam, dass die Erde den Ungläubigen nicht die Wurzeln schenkt, um an ihrer Brust zu saugen, noch die Flügel verleiht, um sich hoch aufzuschwingen, den immer frischen Tau irdischen Raumes zu trinken und davon erfüllt zu werden.

Aber ich weiß, was ich weiß, und das ist genug.

Der wilde Ansturm der Liebe

[Die alten Erdgötter gelangen zu dem Schluss, dass ihr Überdruss am Leben ungerechtfertigt ist und dass die Gegenwart der Liebe alles verändert hat.]

Erster Gott:

Ewiger Altar!
Willst du diese Nacht wirklich
einen Gott als Opfergabe?
Nun also komme ich
und bringe dir dar
meine Leidenschaft und meinen Gram.

Seht, da ist die Tänzerin,
gestaltet aus unserem uralten Verlangen,
und der Sänger verkündet
meine eigenen Lieder dem Wind.

Und bei diesem Tanzen, diesem Singen
wird ein Gott in mir erschlagen.
Mein göttliches Herz im menschlichen Brustkorb
spricht laut zu meinem göttlichen Herzen hoch in der
   Luft.

Der menschliche Abgrund, dessen ich überdrüssig war,
ruft die Göttlichkeit an.
Die Schönheit, die wir von Anbeginn suchten,
wendet sich der Göttlichkeit zu.

Darauf achte ich,
nachdem ich jenen Ruf ermessen habe,
und nun füge ich mich.

Die Schönheit ist ein Weg,
der zum Selbst führt,
zum Selbstopfer.

Rührt die Saiten!
Ich werde den Weg gehen.
Immer erstreckt er sich
bis zum Anbruch eines neuen Tages.

Dritter Gott:

Die Liebe triumphiert!
Das Weiß und Grün der Liebe an einem See.
Und die stolze Pracht der Liebe in Türmen wie auf
    Balkonen.
Die Liebe in einem Garten oder einer unbetretenen
    Wüste –
die Liebe ist unsere Herrin und Meisterin.

Sie ist weder der gnadenlose Verfall des Fleisches
noch das Schwinden des Verlangens,

wenn Verlangen und Selbst miteinander ringen.
Auch ist sie nicht das Fleisch, das die Waffen erhebt
  gegen den Geist.

Die Liebe begehrt nicht auf.
Sie verlässt nur die ausgetretenen Wege uralter Schicksale,
um sich dem heiligen Hain zuzuwenden
und ihr Geheimnis singend, tanzend der Ewigkeit
  kundzutun.

Die Liebe ist Jugend, deren Ketten zerbrochen sind,
Männlichkeit, befreit von der Scholle,
und Weiblichkeit, die, gewärmt durch die Flamme,
das himmlische Licht heller ausstrahlt
als unser Himmel.

Die Liebe ist ein fernes Lachen im Geist.
Sie ist ein wilder Ansturm,
der euch leise zu eurem Erwachen drängt.

Sie ist eine neue Morgendämmerung auf der Erde,
ein in euren Augen oder meinen
noch nicht vollendeter Tag,
doch in ihrem größeren Herzen schon vollendet.

Brüder, meine Brüder!
Die Braut kommt aus der Mitte der Morgenröte,
der Bräutigam von der Abendröte her.
Im Tal findet ihre Hochzeit statt –
ein Ereignis, zu gewaltig, um erfasst zu werden.

Nun werde ich emporsteigen, mich der Zeit und
   des Raumes entledigen
und in jenem unbetretenen Feld tanzen,
und des Tänzers Füße werden sich bewegen mit den
   meinen.
Und ich werde singen in jener höheren Luft,
und in meiner Stimme wird eine menschliche Stimme
   widerhallen.

Wir Götter werden übergehen ins Zwielicht,
um vielleicht zum Anbruch einer
anderen Welt zu erwachen.
Die Liebe aber wird bleiben,
und ihre Fingerabdrücke werden
nicht zu löschen sein.

In der gesegneten Schmiede brennt das Feuer,
die Funken sprühen auf,
und jeder Funke ist eine Sonne.

Besser für uns ist es und klüger,
einen umschatteten Schlupfwinkel zu suchen
und in unserer irdischen Göttlichkeit Schlaf zu finden.

Möge die Liebe, menschlich und zerbrechlich,
über den kommenden Tag herrschen.

Meine Seele ist meine Freundin

Die Stimme eines Dichters spricht:

Meine Seele ist meine Freundin, die mich tröstet in der Not und im Kummer, den das Leben bereitet. Diejenigen, die mit ihrer Seele nicht Freundschaft schließen, sind Feinde der Menschheit, und solche, die in sich selbst keine menschliche Unterweisung finden, werden elendiglich zugrunde gehen.

Das Leben strömt aus dem Inneren hervor und stammt nicht von dem Äußeren ab.

Ich kam, um ein Wort auszusprechen, und werde es nun sagen. Sollte indes der Tod seine Äußerung verhindern, wird es morgen vorgebracht, denn niemals lässt das Morgen ein Geheimnis im Buch der Ewigkeit zurück.

Ich kam, um in der Herrlichkeit der Liebe und im Licht der Schönheit zu leben, die Gottes Widerspiegelungen sind. Da bin ich, und die Menschen können mich nicht verbannen aus dem Reich des Lebens, denn sie wissen, dass ich im Tod weiterleben werde.

Wenn sie mir die Augen ausreißen, werde ich den Flüsterlauten der Liebe und den Liedern der Schönheit lauschen.

Wenn sie mir die Ohren verschließen, werde ich die Berührung des Windhauchs genießen, vermischt mit dem

Weihrauch der Liebe und dem Wohlgeruch der Schönheit.

Wenn sie mich in einem luftleeren Raum unterbringen, werde ich zusammenleben mit meiner Seele, dem Kind der Liebe und der Schönheit.

Ich kam hierher, um für alle und mit allen zu sein, und was ich heute in meiner Einsamkeit wirke, wird morgen widerhallen unter den Menschen.

Was ich jetzt mit einem Herzen sage, wird morgen von vielen Herzen gesagt werden.

Bleiben und Gehen

M ein Haus sagt zu mir:
»Verlass mich nicht, denn hier wohnt deine
Vergangenheit.«

Und die Straße sagt zu mir:
»Komm und folge mir, denn ich bin deine Zukunft.«

Und ich sage zu beiden, zum Haus und zur Straße:
»Ich habe weder eine Vergangenheit noch eine Zukunft.
Wenn ich hierbleibe, ist in meinem Bleiben ein Gehen.
Und wenn ich gehe, ist in meinem Gehen ein Bleiben.
Nur Liebe und Tod werden alles verändern.«

Meine Sehnsucht wird Staub und Gischt sammeln

Eine kleine Weile noch,
dann wird meine Sehnsucht
Staub und Gischt sammeln
für einen weiteren Körper.

Eine kleine Weile noch,
eine kurze Rast im Wind,
und eine andere Frau wird mich gebären.

Lebt wohl, ihr und die Jugend,
die ich mit euch verbrachte.

Erst gestern war es,
dass wir uns in einem Traum begegnet sind.

In meiner Abgeschiedenheit
habt ihr für mich gesungen,
und aus euren Sehnsüchten
habe ich einen Turm im Himmel erbaut.

Titel der Originalwerke in dieser Auswahl

Spirits Rebellious (1908) SR
The Broken Wings (1912) BW
A Tear and a Smile (1914) TS
The Procession (1918) TP
The Madman (1918) M
The Forerunner (1920) F
The Prophet (1923) P
Sand and Foam (1926) SF
Jesus The Son of Man (1928) JSM
The Earth Gods (1931) EG
The Wanderer (1932) W
The Garden of the Prophet (1933) GP
Lazarus and his Beloved (1933) LB

Quellenhinweise

1 Einweihung in die Liebe

Der Frühling der Liebe (TS); aus: *The Life of Love*
Schönheit im Herzen (SF)
Erste Liebe (BW)
Wandelnder Wunsch (F)
Aus dem Herzen singen (SF)
Schönheit und Liebe (BW)
Wenn ihr Wünsche habt ... (P)
Beschreibung der ersten Liebe (BW)
Verwechslung (W)
Der Sommer der Liebe (TS); aus: *The Life of Love*
O Liebe (F)
Verlangen ist die Hälfte (SF)
Zwischen Begehren und Seelenfrieden (SF)
Gott regt sich in der Leidenschaft (P)
Verzückte Stimme (EG)
Euer Körper ist die Harfe eurer Seele (P)
Wenn dein Herz ein Vulkan ist (SF)
Die Liebe durchquert alle Lebensalter (W)
Ein unerfüllter Wunsch (JSM)
Eine ungelebte Leidenschaft (W)
All die Sterne meiner Nacht schwanden dahin (JSM)

4 Eine alles übersteigende Liebe

Der Winter der Liebe (TS); aus: *The Life of Love*
Ein Rhythmus für Liebende (GP)
Liebe ist die einzige Freiheit (BW)
Liebe ist Gerechtigkeit (TS); aus: *A Poet's Voice*
Die Stille flüstert unseren Herzen zu (BW)
Liebeslied der Welle (TS)
Samen des Herzens (SF)
Gesang der Liebe (TS)
Das Licht der Liebe (SF)
Die Liebe ist sich selbst genug (P)
Wenn die Liebe sehr groß wird (JSM); aus:
John of Patmos
Aus meinem tieferen Herzen (F)
Sehnsucht nach dem Herzen des Lieblings (LB)
Liebe und Zeit (P)
Die Liebe wird in einem Augenblick geschaffen (BW)
Die Gärten unserer Leidenschaft (JSM)
Der wilde Ansturm der Liebe (EG)
Meine Seele ist meine Freundin (TS); aus: *A Poet's Voice*
Bleiben und Gehen (SF)
Meine Sehnsucht wird Staub und Gischt sammeln (P)

Über den Autor

Im Folgenden seien einige Daten aus dem Leben von Gibran Khalil Gibran wiedergegeben – so der vollständige arabische Name des Autors. Aufgrund eines Schreibfehlers bei der Einschreibung an seiner ersten Schule in den Vereinigten Staaten wurde aus dem ursprünglichen Vornamen »Khalil« versehentlich »Kahlil«.

1883: Geburt in Bischarri, einem Dorf im nördlichen Libanon.

1895: Gibrans Mutter emigriert mit ihren vier Kindern in die USA und lässt sich in Boston nieder – getragen von der Hoffnung, auf diese Weise Armut und Unglück in der Heimat zu entfliehen. Ihr Ehemann, inhaftiert wegen Betrug und Steuerhinterziehung, bleibt im Libanon.

1898: Gibran kehrt in den Libanon zurück, um sich an der von Maroniten geführten Schule in Beirut auf das Studium in Arabisch, Arabischer Literatur und Französisch vorzubereiten. Angeblich soll er damit nach dem Willen seiner Mutter mancherlei schädlichen künstlerischen Einflüssen in Boston entzogen werden.

1902: Rückkehr nach Boston. Innerhalb von fünfzehn Monaten verliert er seine Mutter, seine Schwester und seinen Halbbruder, die an Tuberkulose sterben.

1904: Durch die Vermittlung des Fotografen Fred Holland Day lernt er Mary Haskell kennen, eine Schulleiterin, die seine Förderin, Muse, Lektorin und möglicherweise Liebhaberin wird. Er veröffentlicht mehrere Prosagedichte, die später unter dem Titel *A Tear and a Smile* (Eine Träne und ein Lächeln) zusammengefasst werden.

1908–1910: Dank der finanziellen Unterstützung von Mary Haskell besucht er in Paris die private Kunstakademie Académie Julian.

1911: Er siedelt nach New York über, wo seine enge Korrespondenz mit May Ziadeh beginnt, einer in Kairo ansässigen libanesischen Intellektuellen.

1918: *The Madman* (Der Narr), Gibrans erstes auf Englisch geschriebenes Buch, wird veröffentlicht.

1920: Zusammen mit anderen arabischen Schriftstellern, die in den Vereinigten Staaten leben, gründet er eine Literarische Gesellschaft namens *Al-Rabitah al-Qalamiyah*.

1923: *The Prophet* (Der Prophet) hat gleich nach seinem Erscheinen großen Erfolg. Gibran schließt Freundschaft mit Barbara Young, die später seine neue Muse und Lektorin wird.

1928: *Jesus The Son of Man* (Jesus Menschensohn) wird veröffentlicht.

1931: Mit 48 Jahren stirbt Gibran in einem New Yorker Krankenhaus an Leberzirrhose. Seinem Wunsch gemäß werden seine sterblichen Überreste 1932 in den Libanon überführt und in seiner Geburtsstadt Bischarri begraben. Ein altes Kloster wird erworben und zu einem Museum umgestaltet, das seinem Andenken gewidmet ist.

Diese eher nüchternen Tatsachen können der Vielschichtigkeit und Ruhelosigkeit in Khalil Gibrans innerem und äußerem Leben nicht gerecht werden. So erklärte Suheil Bushrui, einer seiner Biografen:

Je mehr über Gibran geschrieben wurde, je unzusammenhängender die Bilder waren, die Kritiker, Freunde und Biografen von ihm entwarfen, desto schwerer fassbar wurde der Mensch. Das ist teilweise auf Gibran selbst zurückzuführen. Er schrieb sehr wenig über das eigene Leben und erfand oder verschönerte in wiederkehrenden Momenten der Unsicherheit und »Unbestimmtheit« oft seine bescheidenen Ursprünge wie auch seine problematische Vergangenheit, zumal während der ersten Jahre, in denen ihm Anerkennung zuteilwurde. Diese Selbstperpetuierung seines Mythos – eine Neigung, der auch andere Schriftsteller wie Yeats und Swift folgten – war keine intellektuelle Unaufrichtigkeit, sondern ein Ausdruck des Wunsches im poetischen Geist, seine eigene Mythologie zu erschaffen (Bushrui 1998).

Eine zuverlässige Biografie findet sich auf der Website des Gibran National Committee: www.gibrankhalilgibran.org.

Wie Bushrui andeutet, stimmen die zahlreichen Biografien und biografischen Studien über Gibran keineswegs in allen Punkten überein. Sie ähneln eher den unterschiedlichen Stimmen in seinem Buch *Jesus The Son of Man* (Jesus Menschensohn), deren jede über die verschiedenen Facetten jener Person berichtet, welche die Höhen und Tiefen, die Lichter und Schatten eines vollkommenen menschlichen Lebens in sich vereinigte.

Abschließend sei eine Auswahl von Biografien und Sammlungen der Briefe Gibrans genannt:

Bushrui, S./Jenkins, J., *Kahlil Gibran: Man and Poet*, Oxford: Oneworld Publ., 1998.

Bushrui, S./Al-Kuzbari, S. H. (Hrsg. und Übers.), *Gibran, Love Letters*, Oxford: Oneworld Publ., 1995.

Gibran, J./Gibran, K., *Kahlil Gibran: His Life and World*, Boston: New York Graphic Society, 1974.

Hilu, V., *Beloved Prophet: The Love Letters of Kahlil Gibran and Mary Haskell and Her Private Journal.* New York: Alfred Knopf, 1972.

Naimy, M., *Kahlil Gibran: A Biography*, New York: Philosophical Library, 1950.

Waterfield, R., *Prophet: The Life and Times of Kahlil Gibran*, New York: St. Martin's Press, 1998.

Young, B., *This Man from Lebanon: A Study of Kahlil Gibran.* New York: Alfred Knopf, 1945.

Über den Herausgeber

Dr. Neil Douglas-Klotz ist ein renommierter Autor auf dem Gebiet der nahöstlichen Spiritualität sowie Experte für die Übertragung und Auslegung semitischer Sprachen – Hebräisch, Aramäisch und Arabisch. Ansässig in Schottland, leitet er das Edinburgh Institute for Advanced Learning und war viele Jahre lang Mitvorsitzender der Mystizismus-Gruppe der American Academy of Religion.

Neben den Tätigkeiten als Vortragsredner und Workshopleiter ist er Autor mehrerer Bücher. Zu seinen Arbeiten über die aramäische Spiritualität von Jesus, die teilweise auch auf Deutsch vorliegen, gehören *Prayers of the Cosmos*, *The Hidden Gospel*, *Original Meditation: The Aramaic Jesus and the Spirituality of Creation* und *Blessings of the Cosmos*. Seine Werke über eine vergleichende Betrachtung der »ursprünglichen« nahöstlichen Spiritualität beinhalten *Desert Wisdom: A Nomad's Guide to Life's Big Questions* sowie *The Tent of Abraham* (zusammen mit Rabbi Arthur Waskow und Schwester Joan Chittister OSB). Die Spiritualität der Sufis ist das Thema von *The Sufi Book of Life: 99 Pathways of the Heart for the Modern Dervish* und *A Little Book of Sufi Stories*. Die biografischen Sammlungen der Werke seiner Sufi-Lehrer sind *Sufi Vision and Initiation*

(Samuel L. Lewis) und *Illuminating the Shadow* (Moineddin Jablonski). Darüber hinaus hat er einen im Heiligen Land des ersten Jahrhunderts n. Chr. angesiedelten Kriminalroman mit dem Titel *A Murder at Armageddon* geschrieben.

Weitere Informationen über sein Schaffen enthält die Website des Abwoon Network www.abwoon.org wie auch seine Seite auf Facebook: https://www.facebook.com/AuthorNeilDouglasKlotz/.

Khalil Gibran

Die kleine Lebensschule des weltberühmten Poeten

Leben ist die Energie, die alles durchdringt, was wir sehen,
fühlen oder uns auch nur vorstellen können. Gibrans weise und
poetische Worte geben uns den Schlüssel an die Hand, um
diese Kraft in uns selbst zu entdecken, voll zu entfalten und glücklich
und erfüllt zu leben. Ein bezauberndes Buch, das Weisheit,
Erkenntnis und Freude in jeden Moment unseres Daseins bringt.

978-3-7787-8283-5

Lotos